eye
守望者

—

到灯塔去

［法］帕斯卡·基尼亚尔 著 王明睿 译

眼泪

Les
Larmes

Pascal Quignard

南京大学出版社

译　序

对于基尼亚尔，我阅读他约莫十年了，对他的研究也贯穿了整个硕博阶段，直至今日，直至以后。五六年前，我开始翻译他。《眼泪》是他经由我向国内读者敞开的第二部作品。他就这样以文字的形式注视我的生活、见证我的历次改变。或者说，在我的生命体悟里，已经缺少不了他的启发和陪伴了。

他是谁？帕斯卡·基尼亚尔（Pascal Quignard），因为名字里也有个"帕斯卡"，所以刚开始译介到国内时，偶尔会有人以为他是感叹"人是一棵有思想的芦苇"的那位帕斯卡先生。不过，两个人都学富五车、思想艰深，这也算是一种美妙的误会吧。他的姓氏也有点意思。"Quignard"中的"qui"是"谁"，"ard"

表示"人",法语中多数以-ard结尾的词带有贬义。如果意译这个姓氏,或许可以是"那个谁"。作者本人也曾自嘲过这个姓氏。巧合的是,在他的历史书写中,主要人物几乎都是"那个谁",因为他们鲜有名声赫赫的。他用文学使那些正史瞧不上眼的人物获得重生。这些人物的史料本就匮乏,为他的历史虚构提供了天然的广阔空间,供其自由地"夹带私货"。作为《眼泪》的主人公,那对孪生兄弟也是"那个谁"。

在这些"那个谁"中,有一位对基尼亚尔作品风格的形成至关重要。他叫皮埃尔·尼古拉(Pierre Nicole),是法国17世纪的神学家、辩论家,他创造了一种文论形式,叫作"小论"(petits traités)。基尼亚尔曾以这种体裁创作了同名八卷之作,形似蒙田随笔,但较之更为细碎、杂糅、粗粝。不过,这并非作者现在的主要风格。1997年,基尼亚尔病危,险些撒手人寰。闯过生死劫后,他开始重新思考自己的创作,想"让思想、虚构、生活和知识融合在一起,就像是在一个身体里"。于是,在小论的基础上,系列作品《最后的王国》(*Le Dernier Royaume*,后文简称《王国》)

译 序

诞生了，迄今已出版 11 卷，尚未完结。《王国》是文字与思想的乐园，他写得无拘无束、天马行空。作者又是个跨界达人，他旁征博引，着实令人目不暇接、叹为观止，一次又一次地迷失其中。但细细品来就会发现，《王国》并非全无中心。我曾经以为，它的中心是"原初"（l'origine），原因简单又粗浅——这是个高频词，看起来一切文字都在围着它转。后来以为是"真"（le réel），因为它更抽象、更深层，突破了语言的极限，直指更久远之处。曾有一位老师说，只有当我做了母亲之后，才能更好地理解基尼亚尔。初为人母几年后，我渐渐拨开了层层迷雾，基尼亚尔文字梦境中那只转个不停的陀螺愈发清晰，上面赫然刻着两个字："生命"（la vie）。"原初"是生命的开端，"真"是生命的本质。小到一颗桑葚，大到宇宙大爆炸，远至人的神话起源，近至人的现代异化，他写的那些，都是生命。年年岁岁，兜兜转转，大梦初醒般惊觉：原来基尼亚尔写的，是如此古老又常新的话题。《王国》的中心与风格延伸到了《眼泪》，所以这本小书也有些纷繁，也写了生命。

说完名字，再聊聊他的样子吧。一个年过七旬的清瘦老头儿，面布沟壑，头发花白，"地中海"式的发型，长眉垂向两侧。最让人印象深刻的，是那双眼睛。"炯炯有神"不足以形容，或许可以说那眼神极少游离，所以坚定，也很犀利，甚至犀利得有些"毒"，毒到能够洞穿一切，似乎真的会摄魂。《哈利·波特》里的摄魂怪会吸走一切快乐的回忆，令人痛不欲生，我们当然不会去主动招惹。可基尼亚尔的眼睛却像是他自己经常写的塞壬之歌一样，充满诱惑，让人忍不住想去看，忍不住想去了解这双眼睛到底在看什么，又看到了什么。

他总是穿得一身黑。在友人的留念照片中、在记者的采访记录里、在电视的读书节目上，几乎都是如此，令人怀疑他是不是批发了一堆同款黑衣囤在家里。当然，这是玩笑话。一个能放弃跟着列维纳斯（Emmanuel Levinas）做博士论文的机会转而回乡教音乐的人，一个能在事业如日中天时辞职离开知名出版社伽俐玛（Gallimard）的人，一个曾在密特朗领导下组织过大型音乐会却毅然决然抛弃社会职务的人，一个搬

译 序

离了巴黎、常年居住在外省小屋里的人,他会在乎物质吗?

他喜欢黑色,还有红色和蓝色。它们是生命的颜色,也是基尼亚尔的"生命三原色"。其实严格来讲,这个"黑"并不是一种颜色。有颜色的前提是有光,有被看的客体和能够去看的主体。"黑"只是用于形容在此之前没有光的世界、无法去看的世界、最初的世界。所以他喜欢写史前洞窟,黑漆漆的,是大地的子宫,包裹着人类的祖先。红色是血,也是火。他写流淌在自身躯体里的血,也写流淌在猎物躯体里的血,因为猎人与猎物的较量,从来都是生命的必修课。而火,可以摧毁生命,也可以诞生新生命。他曾经烧毁自己的画稿和写作手稿,他在"二战"战火的废墟中长大,他说《王国》"是废墟之上宏大又脆弱的重建,这废墟比坍塌在历史潮流中的任何一种废墟都要毒烈、粉碎"。这团火,更像是让凤凰涅槃的那团火。而蓝色,它是大海,是河流,孕育生命,自无须多言。在《眼泪》里,有一位叫作萨尔(Sar)的女萨满,眸子蓝澄澄的。她的双眼被入侵者挖去后,血流淌不止,这就有了法国北部注入英吉利海峡的索姆河。

他的文字中不仅有颜色，还有音乐。在当代法国作家里，也许他是写音乐写得最多的一位了。他重塑过东西方的音乐神话、音乐传说、音乐典故，也借鉴过巴洛克乐曲的特点来安排作品的风格。不过，和选择颜色不同，选择书写音乐更像是对宿命的抗争。基尼亚尔的父母分别来自音乐世家和语言学世家，两个家族都在各自擅长的领域中颇有名气。所以他自幼接受家庭传统而严格的音乐教育，近乎被迫地听长辈们谈论各类语言问题。"重压"之下，在一岁半和青春期时，他各经历了一次失语症。语言学家的后代得了两次失语症，真是耐人寻味。不光作者自己时不时地在作品中提起此事，时至今日，他在接受访谈时依然会被问及这两次失语症带来的影响：喜欢独处胜过交际，喜欢书写胜过言说，喜欢阅读胜过写作。他更喜欢自己的读者身份，而非作家。他没有离开语言，只是以沉默对之，无论是读，还是写。而音乐也早已从当年的不得已而为之演变成和三两好友的惬意午后，以及不经意间的文字流淌。他似乎选择了一条"中庸"之道，融合又融化了早年间父母的"强大攻势"，实现了自我的重生。

说也奇怪，《符腾堡的沙龙》《音乐课》《世间的每一个清晨》《音乐之恨》《阿玛利娅别墅》《布戴斯》《视唱练耳与钢琴课》《在这座我们所爱的花园里》……他有众多与音乐母题相关的作品，虽然对语言的思考无处不在地散见于各类书写，他却鲜以某个语言事件或语言故事为素材来集中创作一部作品。

而《眼泪》便是这少之又少的其中之一。

《眼泪》是基尼亚尔于 2016 年出版的作品。出版次年，《眼泪》荣膺安德烈·纪德文学奖（Prix André Gide）。该奖项的宗旨是奖励新颖的、形式独特的、和语言密切相关的法语作品。《眼泪》的取材正和法语的发端有关：842 年，《斯特拉斯堡誓言》问世。签署这份誓言的是查理曼（Charlemagne）的两个孙子——日耳曼人路易（Louis le Germanique）和秃头查理（Charles le Chauve），他们约定共同对抗长兄洛泰尔（Lothaire）。三兄弟分家后，各自统治一部分领土，如今的欧洲版图雏形已现。基尼亚尔说这份誓言是"欧洲的罗塞塔石碑",因为它是用三种语言写就的:拉丁语、法语和德语。在法语语言史和文学史上,这份誓言都是绕不过去的重中之重。自此,法语在台面上和拉丁语进行了漫长而艰难的较量。

这是一部"双男主"传奇,一对孪生兄弟的故事像DNA双螺旋结构一样缠绕在一起,齐头并进,却走上了两条不同的路子。其中,哥哥尼哈(Nithard)正是这场伟大历史事件的亲历者。他是秃头查理的史官,也是他的表哥,却是个私生的王子。他的母亲是查理曼的女儿贝尔特(Berthe)公主,父亲是后来成为圣-里基耶修道院(monastère de Saint-Riquier)院长的安吉尔伯特(Angilbert)。他是私生子,当然是因为查理曼做了件棒打鸳鸯的事。尼哈自幼跟随父亲在修道院生活,在修士们的陪伴下博览群书,且文能谈判,武能杀敌。正是尼哈书写了《斯特拉斯堡誓言》,他也因此成了第一个用法语书写的人。

单这一件事便足以使尼哈留名史册,可身为"那个谁"、爱写"那个谁"的基尼亚尔自然不会把这本书写成气势恢宏的史诗,直到故事过半才出现签署现场,也没有大篇幅的前情提要,倒是写了不少尼哈及其孪生弟弟哈尼(Hartnid)的故事。关于哈尼的史料,最为可信的似乎就是尼哈的记载。但除了承认哈尼的存在,尼哈并未说明哈尼是否具有某种头衔。

在基尼亚尔的虚构中,哈尼和哥哥一道跟随父亲在修道院生活,接受同样的教育。他好歹也是个王子,但没有做出任何一件光宗耀祖的事情,甚至连一件令人啧啧称赞的事儿都没干。可他也绝非纨绔子弟,更没有做出有辱斯文、丢人现眼的事。难道他什么也没干吗?从世俗眼光来看,他的确什么也没干,但也不是平平无奇的一个人,更像是这个世界的幽灵。他的一生都在做一件完成不了的事情:寻找一张面孔。"那是一张女人的脸,不是特别美丽,却看起来温柔至极。"他从未在现实生活中见过这张脸,只是在梦境里一次又一次地与她相见,她"吸引着他的脚步和欲望,日日夜夜、时时刻刻地纠缠着他"。像是爱情,又不完全是爱情。回光返照时,哈尼又看到了这张面孔,说她在质问自己、让自己感到羞愧,说她是自己爱上的

眼 泪

第一个女人。

两兄弟长相几乎一模一样。他们的父亲感叹道："这张面孔与尼哈相像得连影子都远远不及：他几乎像是倒影一样反射着他！在这张面孔里，尼哈再次降生，这是上帝传达给我们的信号。上帝想让尼哈的日子里有一个同伴，就像他自己有约翰睡在肩膀上！"所以，安吉尔伯特将"尼哈"的名字颠倒过来，给弟弟取名为"哈尼"。习惯上，我们认为后一个出生的孩子是年纪稍小的，可实际上，"在双胞胎中，最早孕育的是最后出来的"。无论是从这个角度来说，还是从人生经历来看，哈尼都绝非尼哈的倒影，因为他从不跟随尼哈的言行。相反，尼哈却"像影子一样缠着兄弟"，因为他嫉妒兄弟能够策马奔腾走天涯，而自己却"在书写，双脚搭在罩住木炭的十字铁栏盒的盖子上，热烘烘的"，唯一的慰藉或许就是在著作《历史》中以记录之名流露对天空的向往。

这种 DNA 双螺旋结构让人想起基尼亚尔的另一部作品：《尚博尔的楼梯》（*Les Escaliers de Chambord*，1989）。在这部小说里，长大后的男主人公总是觉得自己忘记了一个心爱姑娘的名字，在长久的寻找之后终于有了结果。原来，这个姑娘正是他幼年时在尚博尔城堡的楼梯上一起玩耍的伙伴。这个楼梯的结构正是DNA双螺旋结构，走上不同道路的两人一齐向上爬，看似近在咫尺，却怎么也碰不到。尼哈和哈尼的故事也同样一齐发展，却没有交集，而兄弟俩分道扬镳的时间点是青春期，他们开始有了各自的欲望和追求。

不过，正如DNA双螺旋结构中的两条链是互补的，这对兄弟心中也并非毫无对方。相反，他们互为彼此心中最不可碰触的秘密和痛苦。尼哈是唯一一个懂得哈尼眼泪的人，也是唯一一个处处保护哈尼不受世俗眼光侵害的人，让他放心地去远游。只是，尼哈都是不言片语地做着这些。他护着他，像是在保护内心最柔软的深处和不惹尘埃的灵魂。哈尼像个浪荡子，外祖父和父亲相继去世时，他都没有出席葬礼，甚至在亲兄弟尼哈战死之后也没有去送一程。然而，在他的临终呢喃里，兄弟俩不同的生命价值激烈地对抗了起来。哈尼被死者不停地追问为什么没有做这个、为什么没有做那个……他后悔了吗？是否感激尼哈为自己抵挡住了一切洪水猛兽？他们的生命历程，没有哪个高人一等，也没有哪个微如尘埃。

尼哈、哈尼、萨尔、安吉尔伯特、贝尔特、查理曼和他三个闹分家的孙子，他们不是《眼泪》的全部，也遮不住其他人物的惊鸿一现。爱上黑猫的基督修士弗拉特·卢修斯（Frater Lucius）、哈尼身边的蓝黑色松鸦、被这只松鸦造访后变得阴郁的摆渡人哈古斯（Hagus）、影子落在墙上的敲钟人雨格（Hugues）、背着青蛙八音盒的男子、因为拒绝浆果王馈赠而被哈尼抛弃的路西拉（Lucilla）……他们看似互无瓜葛，却又藕断丝连，让这本小书愈发光怪陆离。或是生，或是死，或是孕育，或是轮回，他们在以各自的方式讲述着生命。

可是，"眼泪"在哪儿呢？这也是我一直自问的问题。大概是因为基尼亚尔把这个故事一如既往地写得枝枝蔓蔓，难免令人身陷迷宫，忘了书本的要义。哈尼哭了，因为他远离了世间的冷血，因为要离开心爱

译 序

的姑娘去战斗，因为临终时看见了那张找寻一生的面孔；卢修斯哭了，因为院长指责他不该养一只黑猫，因为小猫被残忍地谋害，因为他终于能够分辨出鸟儿们的歌声；查理曼哭了，因为车轮压死了一只青蛙；远古的人类哭了，因为在洞窟里画下自己的形象时被火熏了眼睛……尼哈没有哭吗？书中没有写。也许他哭过吧，只是我们无从知晓。不过，在善于使用隐喻的基尼亚尔笔下，"眼泪"的意思没有停留在"某人哭了"。眼泪，其实是作者安排在现世与起源之间的一个媒介。它究竟流向了哪里，又有谁的眼泪可以通往久远之前呢？

行至末尾，我想说一点翻译上的事。因为涉及历史文献，所以原文里有拉丁语、德语和罗曼语（法语的前身）。有一部分非法文没有译成中文，因为这些文字在原文中是与法文对照出现的，它们的意思就是前后紧挨在一起的中文词组的意思。另外，部分章节名中有一个"书"字，原文为 livre，正是"书本"之意。

不过更重要的是，时常引用宗教典故的基尼亚尔似乎是借鉴了《圣经》中各"书"的标题来命名的。故此，尽管部分以"书"结尾的标题读起来并不是很上口，我依然选择了这个译法。

最后，我要感谢陆琬羽女士，她再一次帮助我实现了翻译基尼亚尔的愿望。还要感谢沈卫娟老师和责编妹子甘欢欢，让我有机会畅快淋漓地写文字，让这本奇特的小书有机会与中国读者见面。

2022 年 1 月　于仙林

目　录

I
（蓝莓男子书）

1. 马的故事　　　　　　　　　　003
2. 哈古斯遇上的故事　　　　　　　006
3. 八音盒　　　　　　　　　　　　009
4. 尼哈出世　　　　　　　　　　　011
5. 尼哈的受孕　　　　　　　　　　013
6. 恋爱中的哈尼　　　　　　　　　016
7. 弗拉特·卢修斯　　　　　　　　019
8. 安吉尔伯特修缮过的修道院　　　021
9. 大厅里的沐浴场景　　　　　　　025

10. 阿卜杜勒·拉赫曼·艾尔·加菲奇战败

　　　　　　　　　　　　　　　　027

11. 阿弗尔河畔维尔内伊的主教会议　　030

12. 被称作"熊之日"的那天　　　　　033

13. 索姆之源　　　　　　　　　　　　035

14. 面孔　　　　　　　　　　　　　　039

Ⅱ
（心意难测书）

1. 秘密房间　　　　　　　　　　　　043

2. 名叫赫德比的猎犬　　　　　　　　045

3. 奥德的女仆　　　　　　　　　　　047

4. 浆果王　　　　　　　　　　　　　053

5. 敲钟人雨格留在墙上的斑点　　　　054

6. 圣-里基耶之影的来源　　　　　　　057

7. 圣女维络尼卡在芒通港湾现身　　　060

8. 卢维埃的路　　　　　　　　　　　062

9. 默不作声的德欧特莱德转过身，看见了

贝尔特和海滨公爵　　　　　　063

10. 关于我们奇迹般的生命　　　064

11. 关于男人和女人的欣快　　　066

12. 瘦瘦的　　　　　　　　　　068

13. 圣人奥古斯丁的爱情讲道　　070

Ⅲ
（欧洲始于何处？）

1. 比利牛斯山口　　　　　　　　075

2. 生育女神　　　　　　　　　　077

3. 哈尼的爱恋　　　　　　　　　078

4. 关于柏勒罗丰王子　　　　　　082

5. 蒂格雷河上的灯笼　　　　　　083

6. 女眷马车的左侧车轮下　　　　085

7. 塞壬之歌　　　　　　　　　　089

8. 关于爱情的脸颊、耳朵和丝绸　090

9. 捕鱼的鸟　　　　　　　　　　092

10. 永别了，利姆尼的牝马　　　095

11. 塞涅卡之圈 098

12. 荒野的阵阵声响 104

13. 卢修斯神父与画像 107

14. 格兰达洛的阿丽拉 111

15. 欧洲始于何处? 114

16. 卢修斯之痛 115

Ⅳ
(安吉尔伯特诗歌书)

1. 达戈贝尔王的三条狗 119

2. 红布 121

3. 圣-里基耶修道院的起源 122

4. 挂外套的圣人弗洛朗 125

5. 雪中的埃皮奈别墅 127

6. 罗特鲁德 129

7. 恶 131

8. 安吉尔伯特的诗 133

V
(罗马历元月十六书)

1. 法兰克人的王国　　　　　　139
2. 国王的阿尔卑斯山之旅　　　141
3. 皇帝的加冕　　　　　　　　143
4. 查理曼之死　　　　　　　　145
5. 历史学家尼哈　　　　　　　146
6. 丰特努瓦战役　　　　　　　148
7. 《阿让塔利亚誓言》　　　　150
8. 《斯特拉斯堡誓言》　　　　153
9. 不会有任何援助　　　　　　156
10. 在暴风雪中出发　　　　　　158

VI
(尼哈离世书)

1. 尼哈敏感退隐　　　　　　　163
2. 尼哈的遗嘱　　　　　　　　165

3. 尼哈之死 　　　　　　　　　　167

4. 萨尔的眼泪 　　　　　　　　169

5. 萨尔与哈尼 　　　　　　　　171

6. 捕鸟者费尼西亚努的故事 　　173

7. 费尼西亚努的教导 　　　　　174

8. 爱的奇遇 　　　　　　　　　179

9. 哈尼在巴格达 　　　　　　　183

10. 乔纳德·勒·苏费 　　　　　185

Ⅶ
（圣女欧拉丽继抒咏）

1. 她化作一只白鸽飞走了 　　　189

2. 法国文学的诞生 　　　　　　190

3. 圣女欧拉丽的生平 　　　　　194

4. 圣-里基耶修道院的火灾 　　 198

5. 连着两座城堡的中堂 　　　　200

6. 孩子勒·利梅伊的故事 　　　201

7. 一只乌鸦的来源 　　　　　　204

8. 壳状地衣 206

9. 黑色枯木上的盘菌 209

VIII
(伊甸园书)

1. 夏娃的花园 213

2. 奥伊塞尔岛 214

3. 大海 216

4. 阴郁的山谷 221

5. 卢修斯神父消失了 223

6. 母亲的碎块 224

7. 哈尼听见了死者的笑声 227

IX
(诗人维吉尔书)

1. 维吉尔 239

2. 库迈的鸟栏 242

3. 经桌旁的圣徒约翰 243

4. 页面 247

5. 马 249

6. 死于卢瓦尔河 252

7. 天空 253

8. 济韦港口 255

X
(师长书)

1. 李义山 261

2. 捕鸟 264

3. 往日的雪 266

4. 费努之死 267

5. 哈尼之死 270

6. 弗拉特·卢修斯 273

7. 色萨利的卢修斯 279

8. 猫头鹰 280

I
(蓝莓男子[1]书)

---

[1] 蓝莓男子,原文为德语 Heidelbeermann。(本书脚注均为译者注。)

1. 马的故事

从前,马儿们是自由的。它们驰骋在大地上,没有人想要得到它们、圈住它们,把它们集成队列、给它们套上绳索、给它们设下陷阱、把它们套在战车上、给它们安上马具、装上马鞍、钉上铁蹄,骑上它们、牺牲它们、吃掉它们。有时候,人们和动物一同歌唱。一方的长久呻吟引起另一方的奇异嘶鸣。鸟儿们从天而降,来啄食残食。残食落在马儿的四条腿之间,它们正抖动着自己华美的鬃毛。残食落在人们的大腿之间,他们仰着头,席地而坐,围着篝火,吃得狼吞虎咽,吃得咋咋作响,大快朵颐,突然有节奏地拍起手来。当篝火熄灭,当歌声不再,人们站起身来。因为人们不似马儿一般站着睡觉。他们擦去阴囊和阳器被放在地上时留下的痕迹。他们重又跨上马,骑行在大地的每一寸土地上,骑行在大海潮湿的岸边,骑行在低矮的原始森林里,骑行在时常刮风的旷野,骑行在大草原上。一天,一个年轻人创作了这样一首歌:"我来自一个女人的身体,我重又面对着死亡。我的灵魂在夜里于何处消失?它去了哪一个世界?有一张我从未见过的面孔,它困扰着我。为何我又见到了它,这张自己并不认识的面孔?"

他踏马而去,只身一人。

突然,正当他在白昼里奔驰,天黑了。

他俯下身。他惊恐地抚摸着马儿脖子上的鬃毛,还有它温热又颤抖的皮肤。

可天空变得漆黑一片。

骑手拉着缰绳上的铜链。他下了马。他在地上铺开一条毯子,毯子由三张紧紧交织的驯鹿皮制成。他系起毯子的四个角,竭尽全力地保护自己、保护马儿的脸。他们重新上路了。

空气纹丝不动。

忽然,雨水压将过来。

他们缓慢前行,在嘈杂声和雷鸣般的雨水里,用

Ⅰ （蓝莓男子书）

眼睛寻找道路。

他们来到一座山丘。雨停了。黑暗里，有三个男人被绑在树枝上。

中间的，是一个全身赤裸的男人，额头上有一顶带刺的王冠，他在嘶吼。

奇怪的是，另一个男人在用灯芯草的顶端朝他嘴边递去一块鹿蹄。与此同时，在他身旁，一个士兵正将长枪刺进他的心脏。

2. 哈古斯遇上的故事

后来，过了几百年，有一天，夜幕降临，他独自行走，用笼头牵着身后的马儿来到索姆河岸。幽暗开始笼罩河水，他停下了。

男子发现在一堆板岩上有一只死去的松鸦。

离静静的河水约有十米远。

那里有一棵桤木。

那堆松松的、灰灰的岩石板沐浴着夕阳，上面躺着一只松鸦，展开宽大的翅膀，张着嘴。

马儿喷着鼻息。男子抚摸着遮盖了它脊柱的又长又厚的毛发。

哈古斯是这条河的摆渡人，他把船系在大桤木的树干上。他朝困惑的骑手和僵化的马儿走来，待在他们身旁。他把船篙靠着自己的肩，将自己的目光融进他们的目光。

因为这只死去的松鸦身上有些许古怪。

于是哈古斯鼓足勇气,走向那只长有蓝色翅膀的鸟。

可他几乎立刻就定住了,因为松鸦正在有节奏地扇动蓝黑相间的羽毛。他喘着气,向后转了转身子。他的动作是这样的:有时朝向河岸、小船、桤木的叶子与河水,有时朝向蓟草、被自己的所见吓得动弹不得的骑手,以及一动不动、惶惶不安的马儿。

实际上,松鸦在向最后一抹阳光的温热献出自己的彩色羽毛。

它在晒羽毛。

随后,不到一秒钟,它迅速旋转,立起爪子站起身,一下就飞了起来,栖息在河岸摆渡人的船篙顶端。

哈古斯顿时在自己的肩上感到,他该离开这个世界了。

他把头朝鸟儿转过去,它在看着他,发出可怕的叫声,又转向骑手,但是身旁已空无一人。骑手和马儿走了,他没有发现他们已经消失了。

眼　泪

　　忽然，鸟儿重新展开自己蓝黑相间的翅膀，离开了栖息处——哈古斯靠在肩上的船篙——飞走了。

　　鸟儿冲进了天空。

　　渐渐地，哈古斯的性情变得阴郁了。他开始对自己在河边的职责不上心了。他把船扔在灯芯草丛里。他任由倾盆大雨侵袭着小船。两个季度后，妻儿厌倦了他的忧伤，焦躁不安地与他交谈一番后，带上行李，走了。哈古斯不再需要家人陪伴，于是也离开了亲人。或者更确切地说，他不再和人类说话。他避开刺眼的光线。一切可见的事物都让他害怕。即便是动物的脸，他也会逃避，因为他觉得这些脸在谴责自己。他左躲右闪，不想碰上黄嘴老鹰的眼神，不想遇见燥热之夜在荒野上企图用歌声吸引自己的青蛙的眼睛。

3. 八音盒

从前有个略显罗圈腿的男子，他背着一只带有小格子的木盒。他行走在各个村落里。他把盒子放在一块石头上，或是一棵树的树桩上，或是一只箱子上，或是一条长凳上，然后小心翼翼地打开盖子。人们看到了十二个洞。每个洞里都有一只青蛙。晚上，他抬起头，呼喊着凡·西苏，像是一个有脚疾的男子在向天空发出祈祷。"说话吧，凡·西苏！"他叫喊道。又让旁边的一个孩子拿来一只水壶，往每只脑袋上浇水。它们唱歌了。

孩子们和各色人等从田野和林间小路聚集而来，围着他，一个个紧紧地挨着他，想看看盒子里究竟有什么。"如果你们保持安静，"他对他们说，"你们就会听到一种隐约的钟声。"

于是，就连孩子们也不说话了。人们听着缓慢升起的歌声，眼睛湿润了，因为每个人都认识另一个世界里的某个人。有人低声喊着"妈妈！"，心里已双膝跪下、瘫倒在地。他们低低地说着："妈妈！妈妈！"

4. 尼哈出世

从前,尼哈出生的那天,安吉尔伯特伯爵[1]——孩子的父亲,也是索姆湾献给圣人里基耶的那座修道院的院长——在孩子从贝尔特肚子里滑溜溜地出来后抱着他说:"你第一次抬起眼皮,你褶皱的皮肤如此脆弱,你在光亮中睁开两只湿漉漉的大眼睛,我以父、以子、以灵的名义祝福你。"此时一声新的啼哭响起。在贝尔特的肚子里有一个孪生兄弟:人们能看到黄色的额头在顶着腹部内壁,已经出现在贝尔特发紫的宽大阴唇之间,就在那片金色体毛下面,它们遮住了她一直紧绷到肚脐、快要撕裂的皮肤。安吉尔伯特院长伯爵想抓住他。可这个新生儿浑身湿漉漉的。黏糊糊

---

[1] 安吉尔伯特的身份实为"蓬蒂厄伯爵"和"海滨弗朗西公爵",所以书中涉及其身份处既有"伯爵"也有"公爵"。

的小身体四处乱扭，像一条鳗鱼在手里滑动。院长喊道："你的感觉开始在自然中四下寻找抓手，你张开细小的手指，如此顽强而炽热地紧紧抓住我的大手，我这个在若干季节之前将你孕育的人，现在为你祝福。这张面孔与尼哈相像得连影子都远远不及：他几乎像是倒影一样反射着尼哈！在这张面孔里，尼哈再次降生，这是上帝传达给我们的信号。上帝想让尼哈的日子里有一个同伴，就像他自己有约翰睡在肩膀上！"

说完这些后，他进行了第二次洗礼，给婴儿起名为哈尼。

5. 尼哈的受孕

从前，在尼哈出生前的九个月，一天下午，他们躲开他人的视线，藏在黄白相间的忍冬和蓝色的大片藤萝后面，那位叫贝尔特或贝尔塔的皇帝之女，拉着安吉尔伯特伯爵的手，对他说：

"来吧。"

她又说道：

"来吧。我深爱着你。"

她拎起长裙。他进入她的身体。

她享受着。

他自己在那儿体验到莫大的快感，又深深地进去了一次。

她享受着。

这发生在尼哈和哈尼出生之前。萨尔是索姆湾的

眼 泪

萨满,她在那时即兴创作了这样一首诗:

"因为,若说鸟儿们爱唱,它们也爱听这歌。

它们爱听白垩峭壁下汹涌澎湃的北海,它们在海浪面前逐渐沉默不语,海浪涌起,又在沙滩上跌碎,滚压着沙滩,垂直的白色岩壁在这侵蚀下化作了沙子。

能吸引鸟儿的,只有港湾沿岸池塘死水里芦苇的窸窸窣窣。

它们向海边牧场和芦苇丛走去,走进深处。它们发出吱吱的叫声,为风在自己身上吹动的歌唱伴唱,以此为乐。"

"就是说,"萨尔说道,"雨啊,

当它落到森林的树叶上,

便让鸟儿的嘴惶恐不安,以此报复。

雨水减慢了它们的变奏,降低了它们放声长鸣的音高。

有时,暴雨和阵雨打断了它们。

啁啾声被哗啦声和轰鸣声彻底取代。"

I （蓝莓男子书）

所有鸟儿都会回应——当它们终于不再作声，即便是这出人意料的安静也是在回应。

所有鸟儿都会因地制宜地转调，场景为它们的奇怪指令组织的动作和特殊共鸣提供伴奏。

当场地置于薄雾，几乎没有琶音会叮当作响。

任何有节奏的连续呼唤在屋顶下都不会响起两次。

在鸟儿的世界里，低音比高音传播得更远——就像我们世界里的痛苦。

慢节奏比快节奏更易辨认。

我，萨尔，我会说：

"鸟儿的示意比你们感受到的忧愁更柔更软。

对我的耳朵来说，它们比人类吐字清晰的语言更容易读懂，只要这些人着了魔、在打转，却不知在承受苦难时该如何面对它，我就会帮助他们。"

6. 恋爱中的哈尼

一天,福音传教士马太在《马太福音》第13章第1句中写道:"In illo die, Iesu, exiens de domo, sedebat secus mare."(一天,耶稣走出屋子,坐在海边。)一天,哈尼走出屋子,坐在海边。突然起了风,卷起了沙子。他十三岁。有条船停在那儿。他登上船。他升起桅杆上的船帆。他朝着西边径直而去,又转向北方,松开了船舵。他睡着了。于是他航行了许久。他跨过了大海。他在阿克洛登上岸。在阿克洛港湾,哈尼遇见了一位住在岩石下的圣人。

哈尼在沙子上画下一副面孔,向圣人问道:

"您认识这张脸吗?"

但隐士回答他说:

"我不认识这张脸。为什么你要问我这个问题?我都不认识你、不认识你的身体、不认识你的脸,我只是刚才在石头小屋门口看见你在停船,看见你借着一根绳子从小艇上下来,摇摇晃晃,把小船拖到海盐泥浆里和岸上破贝壳的碎片上。"

"因为我在找那个长着这张脸的女人。这就是我旅行的目的。对我来说,我自己的脸并不重要。因为当我出现在这个世界的时候,我的脸早就在这个世界里存在了。"

813年,贝尔塔(贝尔特,哈尼的母亲)公主在她父亲位于埃克斯-拉-夏贝尔的新宫殿里说:

"我觉得他的头脑变得空洞洞的。当毛发沿着他的大腿生长、占领他的脸颊,爱情就令他心神不宁。虽然我不知道他是在哪里产生了幻象,可我知道有一个不属于他的身体登上了他的大脑。至少,在他十二三岁的时候,有一个形象爬上了他的头脑,紧紧攥着它。当黎明到来,当他从床上起身,这形象也没有消退。从这时起,他再也不愿看见自己的兄弟。这个形象变成一种狂热,强烈到他再也听不见人们对他说的任何一句话。他想找回这张脸。只要面对着我的儿子,看到他现在的模样,没有人不会为之震惊。他在爱着某个人。"

在双胞胎中较小的、名叫尼哈的孩子面前,贝尔特正是这样评价了儿子的出走。因为,在双胞胎中,最早孕育的是最后出来的。哈尼,作为尼哈的另一种写法,由安吉尔伯特孕育、命名,由贝尔特怀孕、哺育,他就这样离开了海滨弗朗西。

7. 弗拉特·卢修斯

圣-里基耶修道院里有一个修道士,他既给尼哈也给哈尼上课,教他们识字,既教希腊文也教拉丁文,他是个出色的缮写人,甚至是整个修道院里最棒的巧手,能写花式拜占庭字体,能用最纯粹的方式简化加洛林字体,他叫弗拉特·卢修斯。他,爱上了一只通体漆黑的猫。这只猫像小树林里的漂亮小乌鸦一样美丽、小巧。它有一双甜美的眼睛。其实,它更像农田里的秃鼻乌鸦,因为它的嘴上有白色的斑点。卢修斯神父总是急匆匆地结束日程,急匆匆地完成缮写,急匆匆地离开缮写室,缮写室的隔间里热乎乎的,配有木炭小炉子,修士们把双脚放在炉子上,热气便在他们的衣袍下聚积起来。但热气是无足轻重的:弗拉特·卢修斯急匆匆地回到自己的单间,打开窗户上的

眼　泪

木扇，等它突然出现，等它跳过来，等它把冰冷的嘴埋在自己的颈窝。他只想着自己的猫。他只渴望它的抚摸，这抚摸如饥似渴地贪求抚摸自身，还渴望它温热的低语、鼾声、粗钝的叫喊、呼噜、口齿不清、粗糙的轻轻舔舐、表示同意时眨巴眨巴的眼睛，还有休息时、痛苦时半睁半合的眼睛。

弗拉特·卢修斯的心里只有它讨好的小眼神和令人魂不守舍的小鼻子。

他一在身后关上房门，就脱去兜帽。他一掀开兜帽，就把木质百叶窗朝自己拉开，而那只猫已经准备跳到他的肩上，用爪子触碰他的脸，似乎是在抚摸。

深夜里，他在整个修道院的屋顶上低声呼唤它的名字，这都无关紧要。猫儿跳到他的肩上，就呼噜呼噜地打起鼾来。

他们都伸展开四肢，躺在铺了皮垫的麦草褥上，一同入睡。

神父把自己的脸埋进它的毛发里。如此他便呼吸不畅，但他却觉得自己是在复活。他们聊天。他们是幸福的。他们相爱着。

8. 安吉尔伯特修缮过的修道院

皇帝赐给安吉尔伯特院长伯爵（abbas et comes）圣·马库的财政收入，赐给他用干石聚成、没有接缝突出的柱头，赐给他矗立在柱头近旁、萨满王圣人里基耶的古老隐蔽所，并赐给他修道院周围的新建筑，此外，皇帝还赐予他修道院的属地，一直到昆都维克那儿的海边。那是在 8 世纪 90 年代。哈伦·拉希德已经是大城市巴格达的哈里发。查理曼还不是皇帝。世上尚且无人称之为卡罗路大帝或者查理大帝，又或者卡尔大帝。法兰克人民的年轻国王不愿意接受坐拥海滨弗朗西公国的伯爵为女婿。他想立刻把贝尔特带回宫里。他爱贝尔特胜过其他任何一位公主，甚至自己的妻妾。安吉尔伯特伯爵接受了贝尔特的父亲对自己的要求，永远不再接近她，他想到了这些说辞来告诉

眼　泪

贝尔特公主：

"女人和男人没有经历过两次欲望，这是有可能的。无论是对女人还是男人而言，我都不确定，但这件事是可能的。我们叫作鲑鱼的那种鱼就死在体验欢愉的时刻，可那是它们第一次在生命中遇到这样的时刻。它们的身体和鱼鳍在自己曾被孕育的上游源头混杂在一起，一到此刻，它们老去的身体就被精液浸湿，还在快感中颤动时就死去了。想必你已经发现，我遇到过类似的情况。那是在忍冬丛中，我们躲在蓝色藤萝层层花束的影子里，它们为我们遮挡了宫里其他人的眼睛。我们的身体在幸福中颤动，一如动物害怕时那样。人们有时在灵魂散去的最后一刻叫喊，如同出生后身体发现阳光时的叫喊。当体内存有的液体突然泄出，人们也会在快感中叫喊。其实，人们可能在活着的时候学不到多少东西。眼下，你的父亲希望我们不再接触。对我来说，这位君王是一个朋友，而我则是一个皇室同伴。而你，那是你的父亲，你是一个活泼、可爱的女儿。他有众多子孙，他迫不及待地想要扩张领土，又担心庞大王国的继承问题，你会回到他的妻妾们在埃克斯的行宫。我们的身体不会再因极乐或担忧而颤动。我会照顾我们的儿子,我召到修道院的三百位修士会和世上其他所有公爵一样关心他们的教育,甚至会比那些公爵更上心。修道院里的女人们,有在炉灶边劳作的,有洗衣服的,有晾晒织物的,有修剪花草的,有种植的,有在条形园地里收割的,她们会疼爱他们的。"

面对成了圣-里基耶修道院院长神父的安吉尔伯特伯爵,贝尔特公主回应道:

"我们这些人,我们,我们的生活是不幸的。我们身为女人的时间太短暂了。我们在很长一段时间里都是小姑娘,只能在少而又少的季节里保持女人的身份,那么快就做了母亲,浪费了无尽的时光来做个老妇人,浑身粉末,一直在空中抬起一只脚,犹豫着要不要沉没在死亡之海里。而且,如果把我们的育龄期和我们生存的时长相比,就会发现它有限得令人厌恶。那些从我们性器官里出来的小生命,他们需要的照料既单调又粗浅。这就是为什么我认为:母亲和祖母的时间被过度拉长了,长得令它变得枯燥乏味、几近恶心。

从这点来说，在现在这个年纪与父亲的伴侣相聚，我一点也不懊恼。我的朋友，如果我需要，就请帮助我吧，因为你不再愿意躺在我身边，因为你不再愿意将嘴唇贴在我的胸前，在夜晚到来后微微地、徒劳地吮吸着，因为你不再愿意在我的肩窝里哼着呻吟。但是现在我要告诉你，我想的要更糟糕。在女人经历的生活中，更可怕的是，我们在男人渴望我们的时候爱上了他们。我们每个人都把整个自己献给他们中的某一个，而他们一旦进入了我们的身体、匆忙扫过所有从未知晓的地方，就会忘记自己此刻躺在我们的臂弯里。"

9. 大厅里的沐浴场景

昏暗的大厅里,哈尼正在木桶里洗澡。他听见身后有个女人的声音。

"我碰你的时候把眼睛闭上!"

哈尼闭上眼睛,对这个声音回答道:

"我已经照你吩咐的做了。我的眼皮会一直垂下的,做你准备做的事吧。"

于是名叫维克洛的女人抓住他的双肩,走进浴桶。

他睁开眼睛,他看着她。她真美。他对她说:

"只要你靠近我,我就再也不会闭上眼睛了。"

"哦,天。"

"你会是我唯一的女人。你真美。这是我第一次看见一个赤裸的女人。即便是我寻找的长有那张脸的女人,我也没有想象过她的裸体。你会是唯一的那个女人，我会拥有你全部的、不得体的外表。我会把这外表放在那张肖像旁，不知为何，它从前就固定在了我的心里。"

女人似乎有些悲伤。

她说：

"除了梦，再也没有什么能援助生命。"

随后，女人用手指了指浴桶的边缘：

"铜环上的是只什么鸟？"

"是我的松鸦。"

10. 阿卜杜勒·拉赫曼·艾尔·加菲奇战败

我们称之为恐怖的是什么？是一种恐惧的感觉，因为害怕而突然从头到脚地占据整个身体。它令毛发竖起，或是让毛皮站立。一切都不会对此有所准备。它在掠夺，一直掠夺到睡眠。或者说，这种感觉前来打断睡眠，像是一种拉扯攥住了它，绳圈一样扼住它的喉咙，肚子上满是汗水，浸湿了分开臀部的那道沟。没有一滴眼泪在恐惧中流淌。它会激起大部分野兽拼命逃跑的强烈欲望，野兽们天生具有超凡的预知能力。与此同时，两场进攻结合了，像钩子一样钳住了欧洲。一面是南方的入侵，渐近、巧妙、灵活、深入；一面是北方的入侵，突然、野蛮、贪婪、暴力。这一个，纠缠不休，伴着古提琴悠扬地唱着歌；那一个，零星散布，焚毁一切。它们把大陆夹进自己的钳子，可双

眼　泪

方并未达成一致。698年，只有迦太基落入阿拉伯人之手，那是最美丽的港口，伸向地中海。711年，整片海都被占领了。在内海的整个四周，撒拉逊人的城楼沿海而建，"林立"在此，座座有如长矛。东拜占庭帝国撤退到了马尔马拉海，与古帝国的西部不再有直接关联。普罗旺斯的港口被洗劫一空。渔船、小艇、驳船取代了被缩小的军舰，取代了被截断的战船，取代了被微缩的商用长驳船，这些商用船被改造成运水驳船，甚至是威尼斯轻舟。来自远东的丝绸和香料在驴背上从意大利的道路过境。它们在阿尔卑斯山的山坳里打转。它们来自印度、蒙古的高原、喜马拉雅的山峰、中国的大江大河，艰难困苦地远道而来。

阿拉伯人完全掌控海域之后，向内陆进发。

他们占领了罗纳河谷，后又征服了勃艮第。他们在725年包围了欧坦城。731年，他们围攻了桑斯古城，就在这里，他们最终被大主教击退。大主教先前在自有岛屿上避难，现在背朝港口、背朝航行河流的东侧支流，在犹太居民区背面抓住了他们。732年，查尔·马特与厄德公爵成功会师，两支部队就此联合。

于是，在普瓦提埃城门的大战中，阿卜杜勒·拉赫曼·艾尔·加菲奇败北了。

733年，西班牙的阿拉伯人军队失去了里昂。

依然坚决信奉伊斯兰教的，只有曾与撒拉逊人联盟对抗法兰克人的马赛贵族。

11. 阿弗尔河畔维尔内伊的主教会议

突然，755年的一天，在阿弗尔河畔维尔内伊，法兰克王国国王丕平决定将战争从3月推迟到5月。

有一场主教会议召开了，它改变了欧洲大地未来千年的战事。

在古罗马，战争的两扇门在3月里打开，在秋天的骤雨、泥水和红枯叶中关上。在伊特鲁里亚古代战士的语言里，这两块门扇叫作"janua"。

Januarius deus patuleius et clusius.（1月，掌管开关之门的神灵。）

1月之门是张神秘的双面脸，一面是朝向西方的老者（senex），一面是朝向东方的幼童（puer），矗立

I （蓝莓男子书）

在毕弗隆斯[1]的年关之石上。此时，人们已杀死前一年的国王，他有着长长的白发，被吊在一棵橡树的树枝上，人们剥去了他的皮。

突然，新年奇妙地带着第一批鲜花诞生了。

罗马单词 iannus 中的 ia 意为将要发生的事物、奋起反抗的军队、马儿的出发、武器在一年里第一缕阳光中发出的叮当撞击之声。

于是，755 年，主教们聚集在丕平的宫殿。宫殿所在的古城建在伊通河岸，四周环绕着阿弗尔河。他们自愿拥护法兰克各部落首领（ducs）的君王，便共同颁布政令，规定从此以后，在法兰克人驰骋的广阔疆土上，每"年"召开两次大会（concilia）。一次在 5 月，出席者有国王及其作战部队，旨在进行战前检阅和面向公众的全员审判大会。另一次在 10 月，讨论王国的管理事项，出席者有王室成员、执掌法兰克各部落的首领、管理各修道院的神父、掌管各教区的主教。

---

[1] 所罗门王 72 柱魔神之一，排位 46。

眼　泪

因此，在春天，**诸侯**[1]团结在国王周围。因此，在秋天，**使者们**[2]被派往各地。因此，各教会大区轮流接受审查，税费逐年增长。通过这种方式，每个省内部的臣属地位和整个帝国领土上的职责相互牵制。但是帝国的山坳、河岸、沙滩和边境越来越令人担忧，遭到冲破、掠夺、焚毁、勒索。诺曼底人可怕而意外的突袭替代了阿拉伯人的劫掠，加剧了破坏程度，涉及所有口岸、所有河流、所有海域、所有边境，直至山间。

1　诸侯，原文为拉丁语 vassi。
2　使者们，原文为拉丁语 missi。

12. 被称作"熊之日"的那天

从前,有一天,一个位于上瓦勒斯卑尔高处的小村庄组织了一次"Dia de l'Ós"。这是一场仪式,在冬季结束之时于比利牛斯的崇山峻岭之间举行。当时,被称为"熊之日"的是一种"反转的节日",始于当地的第一批居民,此后很久,西伯利亚的巴斯克人才来追捕他们、企图消灭他们。这些古人喜欢沉醉于蘑菇汁。他们举着火把走进洞穴。他们用火焰留下的炭灰在岩穴内壁上作画。村里的年轻男子全身赤裸,把皮肤、头发和羊毛抹黑,用的是事先和油脂混合的炭黑。他们割开羊皮、剥下来,又把皮翻过来、染上血,最后套在身上。这些"熊"用长棍武装自己,力图从山上下来,奔向房屋、羊舍、水源、牲畜棚、小村落,与此同时,"猎人们"努力击退它们。"熊"抓获年轻姑娘，用身上的血和炭黑弄脏她们，不顾反抗地强行把她们带回岩穴，强奸她们，使之怀孕。一旦"熊"满足了、睡着了，抹了粉、身穿白衣的"剃须匠们"就走进这些野兽"开斋"的洞穴，抓住它们。他们给"熊"套上链锁，捆上脚踝和手腕，带它们下山，直至抵达村庄。随后，他们用一把双刃火石剃光"熊"身上的毛（头发，手臂上的毛，胸毛，腋下的那缕毛，阴囊和阴茎周围的毛丛）。之后女人们朝它们泼去大桶大桶的水，野兽们变回了人形。777年，在5月的一天，有一行人穿过重重山口。瓦讷伯爵兼布列塔尼总督罗德兰都斯（罗兰）强奸了安兹拉，她孕育了路西亚。后来，路西亚有了一个女儿，小姑娘的眼睛蓝澄澄的，人们叫她路西拉。

13. 索姆之源

在所有人的视网膜里最先形成的颜色,在新生儿的眼睛里最先形成的颜色,是蓝色。

这种颜色像早于陆地的海洋一样蓝。

像天空本身一样蓝,而天空又早于大地和大海。

在很长一段时间里,索姆河只是一条小溪,小得像从圣·马库的活水源头而来的溪流。

索姆在北海凿出一个湾,萨尔就是那位法力覆盖这里的萨满。而她那双先知的眼睛蓝得像新生儿的眼睛。一天晚上,她在灵魂深处听到远方的冰岛人驾船来到此处。在法兰克人中,只有女人天生拥有两种目光,他们说,因为只有女人既是男人的源头也是女人的源头,也就是既是孩子的源头又是老人的源头,也就是既是幻影的源头又是幽灵的源头。

眼　泪

　　萨尔看见了将要发生的一切，像是已然发生。这是她的天赋。法兰克人说：

　　"她什么都看到了。她能辨认出落在一层雪上的一根白发。而且，她不但能用手指捏住这根头发，还能在一碗牛奶中立刻辨认出落在睫毛上的那一片雪花。"

　　她的眼睛蓝得就像刚玉和蓝宝石。

　　所有人都注意到了它们，赞美它们，每个人都说：

　　"她的眼睛可真蓝啊！"

　　哈尼说：

　　"这是世上最美丽的眼睛。它们和暴雨后的天空一样蓝，那时的天空是纯澈的，映照在寂静的大海上。"

　　萨满的眼睛令他痴迷。

　　可忽然间，在某些时刻，她的眼睛变得凝滞、冰冷、灰灰的，像花岗岩一样，她看见了若干年后的敌军。

　　她说：

　　"三年后，来自北方的敌人会登上岸。那时下着雨。河水会涨起，而你们一动不动，坐在堤坝上凝视着一直涨到膝盖的水，于是，你们不是被他们击打致死，就是沦为他们的奴隶。"

萨满萨尔对将来之事的警告提前得太久，遭到了索姆的渔民、猎人、锅匠和战士的哄笑。人们永远不知道她预测的未来何时会出现。这是一位看得太过遥远的先知。因此，在事件突然发生时，法兰克人早已忘了她曾经的预言。

而且，她激起了长者的反对，因为她督促他们早做准备，可每一次，这些准备都显得毫无用处。

在一个雨天，当他们都坐在堤坝上时，小河在他们眼皮底下泛滥了，来自冰岛岛屿的斯堪的纳维亚人向他们发起进攻。敌人杀死了大部分企图抵抗的男人。他们俘虏了孩子和女人，还有不堪一击、白发苍苍、说话啰唆的老人，这些人沦为了奴隶。维京人问法兰克人：

"难道你们就没有萨满预测灾难吗？"

于是战败者们向他们讲述了萨尔的预言。他们此刻想起了三年前她所描述的一切，想起了最微小的细节，这些正是已经发生的：雨、泛滥的河水、被浸湿的膝盖、惊吓，如此种种。于是北方人问萨尔住在何处。在严刑拷打之下,有一个成了囚犯的法兰克人向年轻的冰岛水手吐露了萨满挑选的峭壁洞穴位于何处。诺曼底人爬上山坡,赶走海鸥,进入岩洞,赶走蝙蝠;他们按住她的双肩,挖出她的眼睛;她蓝澄澄的眼珠流淌不止。这便诞生了索姆河,它从此将波浪源源不断地推向北海,一直北上到伦敦港口。

14. 面孔

一天晚上,有一艘船顺河而下。船夫把黑色的船停靠在大柳树的黄色菱形小叶子里,这些柳树的主人是摆渡人哈古斯。一位挺拔、俊美的年轻人,举手投足有如天使,他向一个我们看不见的人做了一个手势。

小船静静地走了。

两个男子沿河而行。

很快,他们中的第一位就为众人所知。人们知道他叫哈尼,知道他在寻找某样东西。他在找一张面孔。他的衬衫里有一只小小的珐琅盒。他打开盒子。他指着一张画在苏格兰岛屿上的面孔,问道:"您见过这张脸吗?"那是一张女人的脸,不是特别美丽,却看起来温柔至极。这个男子叫哈尼,有时候,一只长有蓝色飞羽的松鸦会来停在他的肩头。

Ⅱ

（心意难测书）

1. 秘密房间

这是妇女之家的隐秘房间,是她们生产的地方。任何一位男子都无权进入。法兰克人的社会正是在这里更新换代。母亲们,人们也称她们为源头,她们令人嫉妒地保守着这份秘密。她们在女儿到了青春期时把秘密传给她们,从这天起,女孩们不再是女孩,她们开始流淌、成为女人。贝尔塔(贝尔特),是卡尔(查理)的女儿,是这些母亲中的一员。"Cor inscrutabile",这是哈尼的母亲给他起的拉丁文绰号。因为耶利米在《先知书》第 17 章第 9 句中写道:"所有人的心都是诡诈的。深不可测。谁能识透呢?"

对于约翰,那是鹰,因为他会预言。

对于尼哈,那是鹅,因为他在不断地用各种语言书写。

对于哈尼,那或许是马。他游荡四方,驰骋万里,迷恋它们的美、它们的矫健、它们的体格、它们的优雅、它们的毛发、它们的阳器,但其实,正如他母亲所说,那是"深不可测的心"。

2. 名叫赫德比的猎犬

海滨公爵安吉尔伯特的猎犬吠叫着向前挥舞爪子。母狗转过身。这只牧羊犬跳上母狗朝自己暴露的屁股,前爪在它的脊背上尽可能地、极尽所能地使劲儿扒着。牧羊犬进入了它的身体,自后向前,久久地。

807年的一天,在埃克斯-拉-夏贝尔的内院里,艾门的女儿艾门正看着这场交欢。她对站在身旁的哈尼说道:

"这在狗身上还真是丑恶。在人类身上也是,丑恶。"

"您见过?"年轻的哈尼王子问艾门公主。

"是的。"

哈尼在她身旁红了脸。他当时九岁。

"我,我从来没见过男人在女人身上做事,像赫德比在这个不幸的畜生身上那样。"

公主接着说：

"我也这么觉得。只有和马儿在一起才是美妙的。骑行，只有马儿才能做到。哈尼，你有没有见过一个阳器在勃起、下垂和充盈时比马儿的还要漂亮？你有没有凝视过比野马的鬃毛还要漂亮的毛发？马儿奔跑在燕麦上、蓟草上、苔藓上、金雀花上、岩石上、布满荒野的地衣上，鬃毛在它的脸庞后面飘扬。"

3. 奥德的女仆

在一个隶属于斯塔维洛修道院的村庄里,斯佩耳特小麦地、卷心菜地和小麦地呈半圆形。

然后它们突然都停下了,停在阿登人那片阴森、浓厚、茂密、交错、野生的森林边缘,似一座由谷物和葡萄树建成的圆形剧场。

这森林浓稠得很、黑暗得很、古老得很、原始得很,人们如果没有采取预防措施,没有在衣服里缝上两三件护身符,就不敢越过它的边界。

就是在那里,会突然出现成群结队的野猪。

在4月突降暴雨的时候,在一道闪电划过的时候,它们践踏了田地、果树、葡萄树、菜园。

甚至践踏了更远处终止在马斯河岸的绍斯欧石楠,而几米开外的对面,河水碰撞到的依然是这片森林的峭壁。

那里更是难以逾越。

人们称此处为魔鬼洞。

云在上空停滞不前。

日复一日地低压着斯塔维洛修道院修士们居住的村庄。

似是被河湾禁锢在崖壁的陡坡那里。

无法攀爬的陡坡。

无法攀登的岩石。

云被山脊勾住,停泊在自己用雨水浇灌数月的顶峰上。

路西拉羞怯地说:

"我认识奥德,我侍奉过她。"

哈尼说:

"她离开人世已经五十年了。人们说你,说你其实是罗兰总督和另一个人的女儿。"

"是的。"

"你是个才女。也是个美人。"

她感到不知所措。她想开个玩笑。

"我已经知道自己能带给你什么了。那么你，你能给我带来什么，来交换我的聪慧和美丽？"

"我的勇气和害怕。"

"我只会拿前半部分。"

"这是一个整体。"

"若是你曾努力，前半部分本可成为全部。"

"绝不可能，因为我的害怕和我的勇气无关。法兰克部落加入了一场新的战争，对抗执掌科尔多瓦的埃米尔的冲锋队，这是在应援统治萨拉戈萨的哈里发。而我，我只是半个王子。可我不是怕征途辛劳，不是怕山上的雪，不是怕战斗激烈，不是怕会突然遇见死亡。"

"具体说说，你怕什么？"

"等我回来的时候，告诉我你是否愿意要我。也许你不愿意成为我的妻子，这就是我害怕的事情。"

"那如果从此刻起我就不想要你呢？"

"我刚才告诉你了，这就是我害怕的事情。"

"是的，但是如果我换一种方式问你已经回答了的问题呢？私生的王子？如果我从现在起就没有等你，

眼　泪

你会怎么想？"

"如果你没有等我，我不会给你日后的生活造成任何困扰。不过，如果你能等一等……"

"我不会等你的。"

她说着这些，却抓住了他的手，紧紧地，死死地。

她没有立刻松开他的手。片刻后，她朝他背过身，走了，加快脚步，离开了。

她的气味离开了。

他待在那里，独自一人，他的手炽热滚烫。

有种看不见的东西围绕着他的脸，那是她残留的香味。

他看着船上的木栏杆，跨了过去，没有用手扶，那只被她的妙手碰过的手。

他看看水。

他转过身，看着岸边，看到了路西拉远去的身影。

过了半晌，他张开手，抬到眼前，就是那只被女人紧握过的手，而她原本无须握得那么久。他把双眼藏在这只手后面，这只在她触摸时燃烧的手。他在这只手背后面哭了起来。他坐在划桨板凳上。他哭个不停。这就是他内心的害怕。不能自已的眼泪是他的害怕。在所爱面前脆弱,这是他唯一的害怕,却也是无边无际的。从童年起,他就只看得见冷若冰霜、时而激愤的面孔,它们厌恶他的出现、指责他的欲望、厌倦他的童年,而他远离那些严肃的目光,啜泣着。

只有他名叫尼哈的孪生兄弟懂得他为何流泪,关心他身藏何处,掩护他屡次逃脱,却不说一字。

他保护着他,却没能让他放下心来。

一旦远离世间的冷血目光,哈尼就会啜泣,他随后去了阿拉密斯、阿斯帕朗、横渡阿杜尔河,越过比戈尔峰,下山朝西班牙的红土地而去。

她等了他六年。她看到回来的是一具行尸走肉。

尸体依旧能说一点话。

"我等你了。"她对他说道。

"你不该这样,因为回来的人无足轻重。"

"这个无足轻重的人一直在爱我吗?"

"我爱你。"

"好,我嫁给你,因为我也等了你,我也爱你。"

泪水涌上他的眼睛,夺眶而出,他在她面前静静地任由眼泪流淌。

路西拉把他瘦削的脸庞捧在手里,抚摸着,他颧骨突出、面颊凹陷,脸上湿漉漉的。

"你在我肚子上可不重啊,哈尼。"她低声说道。

她不但嫁给了他,而且他们两人幸福地生活在一起。

4. 浆果王

从前，在深冬的一天，浆果王（蓝莓男子）赠给哈尼一颗浆果。浆果很小，已经坏了，脏兮兮的，有点紫，又有点粉，气味不佳。哈尼小心翼翼地把它捏在指间，想送给心爱的女人。而这个名叫路西拉的女人却犯了错，她厌恶地推开了浆果。这就是为什么人们要遭受死亡。

一天，浆果王对哈尼说：

"如果不想死，就要每晚跪在草席或草床旁边，默诵适合蓝莓的儿歌。"

可是，从来没有一个人知道献给蓝莓的儿歌写了什么，这项习俗便被遗弃了。

女人推开了浆果。鸟儿来了，落在她的肩头。哈尼走了。

5. 敲钟人雨格留在墙上的斑点

从前，811年，有一天，在圣-里基耶修道院里，安吉尔伯特伯爵的护林主管死了，有人蓄意在他的脖子上砍了一记斧头。为什么？这一点一直是个谜。当日负责弥撒的神父叫弗拉特·卢修斯赶紧去村里找敲钟师傅。

卢修斯敲敲门，想通知敲钟人该去敲丧钟了。

他的妻子走出小屋。

她得知弗拉特·卢修斯的来由后，震惊地看着他。

雨格的妻子对神父说：

"跟您说，卢修斯，雨格说他和您在修道院。"

"不，没有这回事。"

"我清楚得很。"

"我一整个上午都在强制自己做一份抄写，都没有离开过橡树板凳。"

"那跟我去看一件事吧,我个人觉得那挺恶心。"

"我不去。"弗拉特·卢修斯回答道。

"我不管您怎么想。跟我来吧。"

她从容地关上家门。她踩到了一直瘫在门槛上的橘猫的尾巴。它叫了一声,在空中惊跳起来。她拉住神父衣袍上的袖子。她又说道:

"跟我来,神父先生。"

"我不是神父。我是修士。我喜欢猫,而且我认为您无权虐待它们。"

她在身后拖拽着卢修斯神父,和一直在小巷口警戒的弓箭手会合。她抓着他的胳膊。

"我需要您,还有您的武器。跟着我,弓箭手。"

三个人径直朝广场走去。

"您确定我们必须去吗?"弓箭手问道。

她突然示意他们安静。

敲钟人的妻子赤裸着双脚。

她拎着木鞋,静悄悄地走在冰冷的路面上。

突然,她用手指给他们指出了雨格,雨格正在酒馆里和一个姑娘喝酒。

就在此时，敲钟师傅朝窗户转过头来，看到了正在看自己的妻子。他惊恐万分，仓皇而逃，匆忙得连影子都粘在了酒馆的墙上。甚至等到他死了，甚至等到他的尸体被掩埋了（八年后，819年，在苏夫勒南，那时虔诚者路易和巴伐利亚公主朱迪斯·韦尔夫已经完婚），他的影子还是挂在墙上。人们经常指着它说：

"这是敲钟人的影子。他走得太快了，都没来得及把影子带上。"

这个在法兰克妇孺皆知的故事并没有就此结束。

有个撒克逊画家，名叫克里克维尔德，来自埃克斯-拉-夏贝尔（亚琛）。有一天他来喝酒寻欢，看到了酒馆墙上的这个影子。

6. 圣-里基耶之影的来源

从前，有一位来自欧帕拉丁（亚琛）的宫廷画师，奉命绘画一座地下圣墓的穹顶和圆窗。这座圣墓通往圣·马库之源，位于首位法兰克国王里基耶的修道院之下。有一天，在毗邻修道院院墙的小村庄里，他发现了酒馆墙上的这个影子。他产生了一个念头，想以此创作出一个世界。画家克里克维尔德没有去碰敲钟人逃跑后留下的痕迹。在他眼里，这痕迹象征着对此世的告别，也是这个世界的遗迹。一次惊恐引发了逃跑，留下了影子——就是那个世上所有修士都注视的影子。他小心谨慎，不让一丝线条混入其中。他没有在影子上涂抹一点颜色。他让它保持原样，塑造成一片充满神秘的湖。他用两条湖岸围着它：一边走来一只天鹅，它要洗澡；另一边来了一头独角兽，它要喝

眼　泪

水。在上方，一排柳树通向一处水源。有一位王后，似乎是艾米尼亚，或许是一位仙女，在此境中极有可能是阿尔度纳，她在躲避追踪自己的基督骑士。她看看身后，在远处，是阴暗森林的漆黑边界。人们先是看到她正在弯下腰、钻到树枝下。随后，她在灌木丛里奔跑。她让他们迷了路——可她的速度太快了，连她自己都在奉陪他们的时候迷了路。之后，她久久地游荡着，不知道自己要去哪儿，也猜不出自己到底在朝何处而去。夜晚渐渐散去。她走近一座小屋，是牧羊人在山里用石头堆成的。破晓了。结起了黎明的露珠。她下了马。她在源水旁睡下，源水流向那片黑色的湖，湖水里没有任何生物的影子。翻涌的水把小小的波浪推向岸边，岸上满是小小的百合花，鸟儿们开始抖抖身子，唱起歌来。随后，传来尖锐的声音，那是八个小牧羊人的笛子。他们来到杨树林里，用曲调回应鸟儿，以此为乐。他们发现了正在睡觉的骑士美人。他们抽出嘴里的号角接嘴，走近沉睡的森林女神。他们看见一对缓缓鼓起的迷人乳房。她金线般的头发放出光芒，令他们诧异万分：看着这头发，他们安静

Ⅱ （心意难测书）

了下来。八个人都坐下来看着她呼吸、睡觉。他们不再吹响间奏曲。他们把八根芦笛丢在脚边。他们编了八只篮子，金灿灿的，像女王的头发，那头发在合上的眼睑周围光芒四射。一头两米高的鹿缓缓走来。羊羔们和守着它们的八个小牧羊人站起身，给它让道。这头长有十只杈角的鹿过来打量着年轻女子的马。马儿朝它伸长脖颈，以示效忠，又温顺地退下。马儿丝毫不畏惧这头鹿。高大的鹿缓缓低下鹿角喝水，旁边就是睡在自己森林深处的女神阿尔度纳。鹿舔了舔在河岸石子间闪烁的水，跪了下来。女神睁开了黑色的眼睛，比守卫太阳的乌鸦还要黑。她哭了，于是一切都汇进这汪水，它流向自己的诞生地：源头的阴暗之湖。因为在人们脸上流淌的神秘之水，似乎有时会与那片水相聚，也许，在每个生命的心里，那水都只是在干涸。我认识很多人，在他们心里，这水已经蒸发了。

7.圣女维络尼卡在芒通港湾现身

也曾有过这样一块斑迹,它渗进了一条床单。有个男人不日将死,他为此惶惶不安。在耶路撒冷的一条小路上,一个不起眼的女人用包裹头发的纱巾擦了擦他的脸。约翰在他的《启示录》中写道:"Primum caelum et prima terra abiit et mare jam non est. Prima abierunt. Et ego Johannes vidi."(天地消去,大海不再。而我,我背负着约翰这个名字,我活着,于是明白,原初散开了。)

所有最先在地壳上出现的事物,它们自涌出水后,接连化为乌有。

人们远远地看到,海面上弥漫起了一片薄雾。在薄雾里,有一个人们曾经弄丢的女人,她站在外部世界的背后,而这个世界连同原初的在场和各类闪现一齐消逝了。

那是一个影子，手中捧着一张长在自己腹部的脸。

圣女维络尼卡就这样离开耶路撒冷高处脆弱不堪的庙宇，静静地出现在芒通港湾的水域里。

一个死去的女人，在庄严地游荡着。她的笑容里满是忧伤，衣裙上满是阴影。她来到阿刻戎河岸，走向河水深处，瓮坛正在将她吸入。

污秽不堪的水没到她的大腿。

她撩起长裙，人们看到，那柔软、轻盈、丝滑、潮湿、闪亮的金发所包裹的，不再是神的面孔，而是一个一直吸引目光的小黑洞。

哦淫妇，晃晃荡荡，向你敞开兴奋的阴处，轻轻地叫喊着，进入另一个世界！

我们，男人，在你的暗处只钻进一条鱼，又灰又可怜。

8. 卢维埃的路

在我的出生之地,所有名字都以 bec 或 beuf 结尾。Bec 是溪水。Beuf 是小屋。Tourlaville(图尔拉维尔)指的是 Thorlak(多莱克)的农场。我曾生活在维尔内伊,屋后是一座教堂的废墟,那是献给福音传教士圣徒约翰的。Louviers(卢维埃)这个词在那时并不意为狼(loup/louve)窝,而是"古老的地方"。在弗农的教会旁边,一直矗立着一座历经沧海桑田的漂亮房子,木制悬梁,供奉着一尊耶稣降世的天神报喜像,精美绝伦。这座房子长期以来用作客栈,叫作"从前的时光"。

9. 默不作声的德欧特莱德转过身，看见了贝尔特和海滨公爵

女人转过身来。她看着心爱的男人在和自己的姐姐说话。她又看看周围的朋友、王子、仆人和奴隶。所有目光都在逃避，在离开这个世界。可这无关紧要：她爱这个在和姐姐说话的男人。她悄悄离开王宫，跟着他们。他们走得匆匆忙忙，来到石拱门下的泉水那儿。又宽又厚的藤萝花束沿着墙坠下来。她看见姐姐握住他的阳器、翻开包皮、感受着，那条奇怪的蛇在她的指间抽动，她让它进入了自己的身体。

10. 关于我们奇迹般的生命

古代的叙事经常提及奇人。不是因为在今天,这些和以前一样忽然参与我们生命进程的人变少了,而是因为他们的事迹没有如从前一样被铭刻在灵魂里。普罗大众重复着日常工作,没有什么新鲜事能真正吸引他们的灵魂。

他们对稀罕事的记忆也同样变得模糊不清,因为人们提防着,不把它们记录到账本里、功绩簿里、编年史里、日记里、史书里、记事本里。

我们也觉得奇迹变少了,可实际上它们数不胜数。

无数苦行者踏上天堂之路,但其实,在今日,他们放弃了去拯救。他们不信任同类。他们为什么要显露自己的幸福?他们害怕遭到同类嫉妒。他们在孤独里保持神秘与专注。在孤独里,他们愈发平静,直到死去的那一刻,至此,他们都没有离开过它须臾。波澜留在他们的内心深处。它不会涌上他们的眼睛。也许他们比古人更用力地钟爱自己的幸福。他们更努力地保护自己生命中最后时刻的极乐,保护它不受尘事侵扰。

11. 关于男人和女人的欣快

从前，我们这些男男女女快要感到愉悦时，会抑制自己的气息。

而快感，出其不意地来袭，愈发浓烈。

这就是情理，如圣人安塞尔梅在一次布道中所说，他把这次布道起名为圣诗《留住灵魂!》。这场布道也许是基督神父们在自己的历史时光中写过的最美丽的讲道。

等待极乐，就是在等待一种不知何时到来的奇特虚弱。

身体也不确定这种兴奋或崩溃是否会发生。

无论是女人还是男人，都无法去准备迎接那将要到来的、将要消失的。那是一种虚弱，在它面前，只能双目圆瞪，他们彼此交缠，沉浸于一种独一无二的跳跃，跳进一个与暗夜截然不同的黑暗里。如果幸福不是沉沦，那还会是什么？哪里没有意外昏厥的痕迹，哪里就没有一丝愉悦。这就是我今天想对你们做的讲道，我的弟兄们。留住你的灵魂，像上帝那样，直到叫喊只是为了放弃。于是在他的嘴唇上，古代的语言又来驻留了！但是我不想再向你们谈论它了，这场在世界尽头那绝对黑暗里的消失，因为它带走了追念它的人！

12. 瘦瘦的[1]

"当初你进来的时候瘦瘦的,现在你依然瘦瘦的,该走出这个逗留之地了。你的脸上只剩下了额头和闪烁的目光。你的头发呢?那个对童年的小小回忆。"

"我的耳边只有已经消失的声音!"

萨尔接过话,对哈尼说道:

"不要在光亮里看我!我不再拥有一张和自己相称的面孔!我的双眼被挖掉了!我咬住了死亡的鱼钩!什么时候?我得想一想。是在怎样的时刻,陷阱被打开?它又同样迅速地将我关闭。"

"那不是夜里。港湾的水面布满了维京人的克内里尔船和德拉卡尔船。士兵们杀死了所有修士和院长。伯爵

---

[1] 瘦瘦的,原文为拉丁语 macra。

在水里翻滚。"

"这就是事实。问题有三个：'哪里？'是哪里？'什么时候？'是什么时候？为什么是'为什么？'"

"我不明白你在说什么。"

"那我换一种方式来问，这个问题现在纠缠着我，也许它能囊括之前的那几个问题。当我身处峭壁高处的洞穴，当你，当你踩着水，勇敢地在波浪里对抗着那些刀剑、船桨、长矛和斧头，为何所有问题都关闭了、尘封了，而我对此却毫无察觉？为何自从你离去，去往我看不见的地方，去往不可见的地方，我就不再对任何事物感兴趣？"

13. 圣人奥古斯丁的爱情讲道

圣人奥古斯丁曾说，在我们出生时突然沐浴脸庞的光，还有让这些脸庞得以出现的爱，它们是一样的。哦，我的弟兄们！他突然在迦太基罗马大教堂的讲道台高处喊道。事实上，告诉你们吧，光不是最初的！事实上，告诉你们吧，爱不是首要的！爱竭尽所能地抵抗着其他一切憎恨。它所无视的一切都令它心慌意乱，它是在准备逃离憎恨，而不是觉得要去接近它。爱像一个孩子，害怕走进父亲房屋的陌生人。爱极力遏制所遭受的挑衅，这挑衅威胁着它那双惊恐得圆睁的眼睛。它的双眼被震慑住了，更多是因为害怕去看，而非看到的东西。当一具身躯渴望一具身躯，它满心的迫切极力克制着暴力，否则这暴力就会令对方蒙受强暴，而强暴将结束那迫切的心情。但这只是一种克制。这只是一种忍耐。欲望里有愤怒，如同饥饿里除了毁灭便再无其他。毛茸茸的、暗淡的、凹凸不平的、红红的覆盆子小果子，结着果霜的深色蓝莓浆果，一串串葡萄的金色种子，它们滑过你们的唇间后，都去了哪儿？它们落进了一个我说不出的夜晚。于黎明破晓时分奔跑在林中空地的母鹿，你在哪儿？在荒草地里开心雀跃地跳了一整夜的小兔子，你又在哪儿？一旦它们不再拥有被木炭炙烤的美味，一种我说不出的夜晚就将它们吞没了。所以当恋人们在昏暗里互相爱抚，她在他脸上撩起裙子，他把长裤退到双脚，那变得柔和的不是光亮，是先于我们的初始黑暗，它回到了他们身上，也回到了我们身上。在人们裸露的身体上缓缓蔓延的，是母亲的夜晚。这夜晚矗立成滔天波浪，它回来了，那种力量为肉身所不晓。这肉身从前在那夜晚中被孕育，如今依旧被它包裹。恋人们紧紧地闭上眼睛，甚是享受，完全沉没在古老的世界里，这世界召唤着他们的灵魂，让灵魂彻底分解、消亡。

Ⅲ
(欧洲始于何处[1]?)

---

[1] 欧洲始于何处,原文为德语 Wo Europa anfängt。

1. 比利牛斯山口

法兰克人不得不从西班牙撤退，统治科尔多瓦城的埃米尔放弃了向国王求助，奥斯曼·本·阿里·纳萨终止了与厄德公爵缔结的合约，战士、马匹和战车强行跨过比利牛斯山返回法国，此刻，领队的人们没有心情唱歌。他们低低地对神圣的牲口说着话，请求它们在小路上谨慎前行，他们用缰绳轻轻地牵引着它们，他们紧紧地抓住岩石。

冷杉是云朵最喜爱的树。

冷杉本能地把树冠推向云朵。云朵来了，它们打着旋，飘过来，攥住冷杉。突然，它们低压下来。是坚定的伴侣，当然也是出色的恋人。树顶、树干、树身和树皮围绕着它们，又向上伸了伸，想捉住它们的奇妙织布，借此挽留。于是云朵热情地用水汽裹着冷杉，无论怎样都那么频繁，一次又一次。

它们又来了，它们更重了。它们流动着。它们是忠诚的。

它们憎恨光亮。

它们喜欢雪，这个天空的神奇创造物。

在云层里抵达半山腰后，法兰克人裸露的面孔和长长的头发就不见了，马儿们的华美鬃毛也不见了。

778年8月15日这一天是圣人玛丽的纪念日。在龙瑟沃山口，热乎乎的云朵化成了薄雾，总管大臣艾吉哈、布列塔尼总督罗兰和宫殿伯爵安塞尔梅死于巴斯克人投石器掷出的石头之下。

2. 生育女神

人们告诉奥德,布列塔尼总督罗兰死了,她面无血色,自右向左转了三圈,朝左侧倒下,像那最后一天,在髑髅地上,主耶稣的头垂下了。

她死了。

萨尔预言道:
"女神,你再也没有猎人了!
走吧,女神,因为永生者无权看见死亡!
而你也没有勇气面对你那位祭司的欲望,
他叫阿克泰翁,
你没有能够直视他向你挺去的阳器,
奇怪的女神啊,如此惧怕欲望,
因为你没有一个眼神是朝向死亡的!
哦女人,你在世上只想看见出生和孩子!"

3. 哈尼的爱恋

　　山越高,与天空冷气的来往就越甚。冰冻越是拆散群山,被冰块持续分割的石块便越发粗钝。碎屑在山坡上滚动;雨水在石块上穿孔;急流砍下巨石,又冲碎。山顶的雪滑下来,堆积在山脚,形成冰川,冰川又在洞穴里推挤着岩壁。冰川一点点地把洞穴造成冰斗,流淌出条条河水。最终,在山坡下的山谷里,河流慢慢地凿出了一道道宽大的沟壑。

　　于是,山峦增高了,大自然雕刻着自己。

　　于是,体积越是显著,高度便越是挺拔,侵蚀便越是强劲,山坡便越是支离破碎,水流便越是湍急、泛白。

　　这个世界里的碎片是闪光。

　　远远望去,滚落到松树上的水白得似覆盖了山顶的雪。

Ⅲ （欧洲始于何处？）

从前，山川外，在安达卢西亚的阿拉伯领地上，有一匹令哈尼敬仰的两岁黑色牝马。

有一段时间，他放弃了人世间的爱，他不再爱女人，他丢弃了自己的松鸦：他迷恋起了马儿。在整个这段时间里，哈尼王子效仿了希波吕忒，这位圣人曾想和自己的马儿在海中死去：在他看来，它们的脸比人类中最纯粹、最平滑、最惊恐的脸还要美丽。

哈尼崇敬起了全心全意爱着树木、森林、海边、沙丘、荒原的古代英雄。

后来，混乱、坍塌、岩穴、洞顶、回声、在山上弹跳的风，都令他神魂颠倒。

哈尼成了大师，他的门徒喜爱孤独胜过一切：他的手足以给他带来愉悦，甚至愉悦得唱起歌来。

哈尼毫不犹豫地宣布自己爱上了阿蒂米斯：那裸露的躯体和周身的寂静吸引着他，胜过肉欲、她的颤动和叫喊。

最后，哈尼爱上了原生：原初对它的需要胜过未来的福乐，乃至胜过永恒。福乐与永恒结成一体，确信当时间终结时，原初会环绕着基督骑士。

眼　泪

　　圣人希波吕忒曾说："每个人在世上只有属于自己的那一部分。大众之于王宫，如鱼儿为水而生；如鸟儿喜欢飞翔在总是阴晴不定的天空；如跳跃的猫儿在一旁独自静静地舔着毛，朝靠上前来的人们投去一个焦虑的眼神；而我，我有一颗原始的心。我像那朵绣球花，喜爱自己的阴暗角落。我像那只鹰，还不大会叫出自己的窝在哪里。我不再和撒谎的人说话，不再和死去的老人说话，他们杜撰了自己不曾有过的命运，好将你引入怀抱。在任何地方都没有一个不去企图欺骗世人、不去掩饰实情的人，因为，很简单，他拒绝往来。我不爱你，我的父亲；我不爱世人。我也不会觊觎你的妻子，我的父亲；我在避开女人。我不了解爱的姿态，只在柱廊墙上的画作里见过。我并不想让你在临终时放弃自己的宫殿，转归于我。你的一切猜想都是荒谬的，想让我堕落，却白费心思。那里有太多的卫兵、仆人、面孔、抱怨和拘束，我永远都不会统治你的住所。我不喜欢落在自己身上的目光，也不喜欢一边滞留一边观察我、评价我的眼睛。我不喜欢城市、羞辱人的权力、令人卑微的奴役，还有充满仇恨或愤怒的社会等级。我喜欢孤独,喜欢马儿没有马衔、马笼头、缰绳、马鞍、蹄铁。我喜欢它们优美的体态。我喜欢流过的水,人们钻进去,又赤裸地、崭新地钻出来,像是在那第一天,人们开始发现自己一直正在出生。"

4. 关于柏勒罗丰王子

他从马上倒栽下来

(ab equo praeceps)

失去了眼睛

断了双腿

在美好中死去

触碰到所失之物

在荒芜之地

像希波吕忒身陷流沙

像他的头颅漂荡在海浪中

5. 蒂格雷河上的灯笼

778年,罗兰总督死了,死在山坡上,背靠着一棵松树,他的马也死了。

778年8月中旬,在布列塔尼总督咽气的同时,当夜晚柔软地落在府邸的花园上,哈里发哈伦·拉希德猛然感到一种惊恐的焦虑扼住了自己的喉咙。

他开始呼喊。他叫来大臣贾法尔·勒·巴姆塞德。他对他说:

"我得走。我不能睡。我不能待在这儿。我身上有个东西在受苦、在撕裂我!离开宫殿!"

他们穿上衣服。他们命奴隶们脱去衣服,把褴褛的衣衫给自己,以掩人耳目。他们取道卫兵的地道。他们在蒂格雷河岸钻出来。

他们看见有位老人在蒂格雷河上驾着一条船,便唤他过来。

"你叫什么?"

"哈古斯。"哈古斯答道。

他年事已高。他费劲地把脸转向他们。

"带我们一程吧,哈古斯,就今晚,过河。点灯吧。拿着这块第纳尔治病,这另一块是灯油钱。"

"不行。哈伦·拉希德还统治着这里呢,谁敢点起灯过这条河?"

哈伦·拉希德敞开外套,在那凄惨的外套下,他的衣袍闪耀得似一轮太阳。

"你要是不照办,就死路一条。"

年事已高的船夫捋了捋自己白色的胡子。他没有想太久,因为哈里发哈伦·拉希德狠狠地给了他一记耳光。

于是哈古斯在小船的甲板上晃晃悠悠地站起来。他点起灯,吃劲地把它固定在一个固定在桅杆上的钩子上。他坐在船头的长椅上,握住船舵,就这样,他们在夜里沿着河岸前行,直至天亮。

返回后,巴格达的刽子手马祖鲁斩首了名叫哈古斯的摆渡老人。

6. 女眷马车的左侧车轮下

不只有瓦讷伯爵的故事，他叫罗德兰都斯，是布列塔尼总督，他在死去的马儿旁边使出全身力量，往一个发不出一点声音的号角里吹气。不只有美妙的叙事，它们有时在夜晚到来后会减轻哈里发哈伦·拉希德的失眠，那时太阳退去，焦虑扼住了他的喉咙。民间流传着一个有关法兰克国王的奇怪传说。那时国王正在从西班牙回国。他来到比利牛斯山的岔路口，在8月的酷热中带领军队缓缓前行。部队行进在石子路上。突然，皇帝看见一只褐色的小雨蛙，在石头间蹦来跳去，边跳边横穿路上的尘土。查理大帝叫喊[1]起来，像哈里发哈伦·拉希德那样，但是在法兰克人那里，"叫喊"有另一种截然不同

---

1 法文为hurler。

的意思。在法兰克人的语言中,"叫喊"意为发出狼的叫声。

皇帝叫喊起来,拉扯着马笼头。他让马停下来。

他又叫喊起来,惹得跟随其后的女眷马车立刻停下。

他是真的在喊,扯着嗓子,像一匹狼。

可是啊,他的叫喊,他第二次的那记"狼嚎",是于事无补的叫喊。

皇帝愣住了,小小的青蛙被压扁了,躺在箍了铁的左侧车轮的那一边,铁圈在小路上闪闪发光。

整个军队都停下了。皇帝在马背上啜泣着。

德欧特莱德从马车上下来,向父亲走去。

德欧特莱德说:

"别哭了,父亲。你会在水塘和湖泊里找到上百只和这一样的青蛙。"

"也许在水塘和湖泊里有很多青蛙,可是这一只,我没能救它。"查理对女儿德欧特莱德回答道。

女儿吉泽尔(吉泽德鲁迪斯)走过来,握住父亲的手。

女儿艾门在他身侧,浑身僵硬,一言不发。

Ⅲ （欧洲始于何处？）

女儿贝尔塔也走了过来，她蹲下身，将那小小的褐色牺牲者放在自己的手指上。

"我会把它放在一只盛满水的碗里。我会照顾它。也许它会好起来？"

"可它扁扁的，赤条条的。"

"所有青蛙都是扁的，所有青蛙都是赤条条的。"

"再说一遍，这只青蛙可不是随便什么青蛙。"

"我会给它吃水芹叶。"吉泽尔说道。

"我会去山里摘小果子给它，我会亲手用一点牛奶处理果子。"艾门说道。

"我有一个不祥的预感，"皇帝对女儿贝尔塔说，"它可能已经死了。"

当晚，营地驻扎完毕，所有人都准备入睡时，他去了女儿贝尔特的帐篷，去看看碗里的那个"病人"。它早就死了。它已经干枯了。

于是皇帝说：

"我刚才去找你了，夜晚已经降临，月亮也已升起，在灌木丛里、在山上咬住石缝的纤弱小树下，我哪儿都没有找到你的影子。"

眼　泪

　　他想起了自己那个叫哈尼的外孙。

　　女儿一直站在他身后，藏在帐篷的影子里。
　　"摸摸它吧！"女儿对他提议道。
　　皇帝倒去水，把小青蛙捧在手里，它被女眷马车的轮子碾压过。
　　它的胳膊张得大大的。
　　它手上的指头小小的。
　　他在昏暗里看不清它。
　　他走出帐篷，一直抚摸着手掌里那只胳膊张开的小雨蛙。
　　他在圆月的光亮下看着它。
　　他笑了。
　　"我们不都是一把剑的碎片。"贝尔塔低语道。
　　艾因哈德记述了这则故事，记在831年塞利根施塔特撰写的《查理大帝传》里。

7. 塞壬之歌

突然,他听到了塞壬刺耳的叫声。他保持船舵朝向正前方。他靠近了。鸟儿飞过哈尼的头顶,却有个像母亲一样的声音——或说其实是他身上一位老妇人的声音——在对他耳语道:"过去吧,别停下!"无论如何,这个男人一生都从未有过停下的念头。他围着塞壬的岛屿转了两圈后走了。过了一会儿,他松开船舵。他任由船儿随波逐流。他任凭气流带领着船。

8. 关于爱情的脸颊、耳朵和丝绸

巴塞罗那的长官叫苏莱曼·本·阿拉比，他决定离开比拉德-依法兰（法兰克人的故乡）。

萨尔随即唱起这首关于爱情的歌：

"目光频频交错，爱情就此生根。

有一天，手指鼓起勇气，谨慎、缓慢、腼腆、悄悄又静静地停在眼前另一个身体的胳膊上，一秒钟。

又有一天，手掌窝成拱形，合在自己注视着的那只手背上。

那只手，在这只手里，没有退出。

两个身体突然一下奇妙地挨得更近了，却根本没有在行动上向对方靠近。

有一天，他们好像永远靠在了一起，不想挪动。

接着，嘴唇向耳朵贴去，想对它诉说一切。

嘴唇低声细语，滑进棕红间黑的头发里。

嘴唇与一种丝绸缠绕，却不去触碰那只奇怪的贝壳。

终于，有一天，目光停留在身体的一个部位上，这部位顶得上身体的所有部位。

那一天，是拥有爱情的唯一一天。

那一天，衣衫坠落。

那一天，身体炽热如火。有一种水荡漾在眼底。有一种红色从小腿上涌，沿着腹部，越过肚脐，蔓至胸膛，来到敞露的乳房，一直上涌到凝神的目光。声音低沉下去。手腕离开了袖子，手指在身体间游丝般的空气里前行，扯开绳结，解开搭扣，松开衣钮，伸展开，抚摸着。它们握住了温柔之乡。"

9. 捕鱼的鸟

曾经有一幅巨大的石头画像,矗立在高原上,业已风蚀。

画上有一只弯嘴猛禽在捕捉一条鱼。

"基督拯救了一个渔夫。"弗拉特·卢修斯在教育年轻的尼哈王子时如此向他解释。

如果说哈尼喜欢马,那么尼哈则钟情于鸟儿,就像他的祖父钟爱老鹰、隼、苍鹰、燕隼、雀鹰、灰脊隼。

弗拉特·卢修斯像情人一样爱着那只黑色的小猫,他是在圣·马库的林间小路上发现它的。它的领地是单人间的平板石屋顶和修道院花园的风障。

小猫给主人带回一只又一只燕雀。

弗拉特·卢修斯即兴创作了这样一首诗:

"这飞旋、狂热的一大群哟,你们在天空排成了奇怪

Ⅲ （欧洲始于何处？）

的文字，

只有上帝才懂，

终究消失在一片苍茫之中，

此刻，你们迷失在自大海而来的雨水帘幕里。

可是有一天，

你们飞走了，

你们走了，去往远处的一座岛屿，太阳为你们指明方向，

你们飞到人间之上，直到在天空消失。

可是有一天，

你们回到了同一处石缝，

还是在同一处隐藏，

在一个小小的角落里，

它属于时间中那唯一的春天。"

哈尼有一天爱上了一个男人，因为他健硕。

又有一天他爱上了一个女人，因为她温柔。

有一天他爱上了一匹马，因为它俊美。

有一天他在科尔多瓦。有一天在桑斯。有一天在雷

眼　泪

克雅维克。有一天在格兰达洛，有一天在阿克洛，又去了都柏林。

一天在普吕姆，一天在巴格达。

一天在罗马。

一天在博斯普鲁斯海峡，面前是一座塔楼，莱昂德尔就是从这里纵身跳入了马尔马拉海。

今天他爱着利姆尼。

那只松鸦，它有着蓝色的尾巴，

灵活的黑冠，古怪的嗓音，

雪白的臀部，

爱着橡树的果实，爱到胜过麦粒，

只有它陪伴他到天涯海角，

张开弯弯的嘴模仿他的嗓音，

带他去往自己能飞到的地方。

10. 永别了，利姆尼的牝马

这个年老的女巫叫萨尔，从未离开索姆湾的峭壁，有时会指责哈尼不该有这样的欲望，因为他会展露自己，想在她的嘴里立刻得到满足。哈尼问她：

"你在何处见过不幸的雨水？"

而不久前，那时他还是十四岁，她还拥有那双湛蓝得令人难忘的眼睛，他对她说：

"把你给我，忘了岁月吧！"

而她回答他道：

"让那只年老的母狼咬碎时间吧，就像你心爱的兄弟要打碎它一样。他竟然为了自己的国王，把它一块块地组合起来！他竟然为了自己的《历史》闪耀光芒，把它切成一个个引人入胜的片段！我在时间的尽头看见他坐在讲道台上！我已然看见他在鼻子上架起黄木镜框的放大镜！他像个坐在年幼国王身侧的领主，两只手放在他那本羊皮书上！"

而他回答她道：

"他有鹅的白色羽毛，我有松鸦蓝黑相间的羽毛和仓鸮那似雪一般的白色肚皮！最后一次敞开你布满白毛的肚皮吧，让我坠入其中！每天晚上，我们身上的第一夜埋葬了世界，我们每个人都像是回到了出生以前，太美妙了！你知道我是后一个出生的，因为你早就生出了我们！"

年老的萨尔随着时间的流逝越来越老，任由他说。她藏起了脸上自己的情绪。后来，她失去了眼睛，她只盼着自己身上的声音消失在远方，好和自己死去的眼睛一同哭泣。

四十年后，当哈尼离开了利姆尼的牝马，他的嗓音想要在空气中说话。他呼喊道：

"哦，岸边的沙子！

哦，在山间的乔木林里，你和你轻盈的猎犬们

一起追逐熊、狗、人、鹿、马、母狮、沙漠上的

Ⅲ （欧洲始于何处？）

豹子！

你不会再驾驭你的威尼斯牝马，

它们挤满了利姆尼的竞技场，

有奔跑的马驹，也有受训的马儿！"

冷气变得刺骨。从冬天的圣-马丁节日起，就得保护母马的所有幼崽。他把它们托付给领地里的农民。办完后，他走了，跟着他的松鸦，而松鸦习惯了在天空里跟着大雁飞翔。

11. 塞涅卡之圈

那只可怜又苍白的手,有时会突然莫名其妙地闯入视野,而我们不停地用它写字,可从未留意它,却会留意用三根手指蘸着黑、红墨汁写下的词语。

有一天,葡萄树上那柔韧、翠绿、宽大的叶子,从此只是一张红色的纸,皱皱的、轻轻的、脆脆的、空空的。

古老的可怜手掌,再也不能完全张开。

皱巴巴的可怜树叶尚存一丝血色。

纸张上沟壑纵横却空无一物。

亚美尼亚的纸,

人们先是拧搓一番,再靠近火焰,

它的手感真好,像爱人的锁骨,像隐藏在发辫开端处的美妙骨头!

Ⅲ　（欧洲始于何处？）

重重叠叠的莲叶打了结，摩擦着恒河的岸边，光溜溜的。

两河流域的黏土。中国的白纸。纸莎草的伞形花序先是贴在一起，盘绕着、闭合着，随后有一天，它打开了，

半遮半掩，

鳄鱼张开巨嘴，像在尼罗河苍白的水面上打开一扇阴暗的大门，

饥饿得冷酷无情！

哈尼、尼哈和厄德，格雷古瓦和弗雷德加尔，阿尔琴，哈里乌夫，安吉尔伯特，艾因哈德，甚至还有后来所有的伟大人物，诸如贝尔纳、阿伯拉尔、杜洛、克雷蒂安、维庸、贝鲁尔、雷纳德、弗鲁瓦萨尔——法兰克的神职人员都经常念叨塞涅卡的一句格言，他们在修道院学校学习的第一天就学了这句格言，这些学校由皇帝沿河而建，有卢瓦尔河、荣纳河、塞纳河、索姆河、康什河、马斯河、莱茵河，后又增建若干。

然而，有一件恢诡谲怪的事情：他们每次想引用这句话时，他们学习的这第一句格言就从嘴唇上溜走，又

眼　　泪

不可思议地迷失在灵魂秘密的深处。像是一个在嘴边的词语，气息找不回它，它留下空空的门牙和犬齿，在头颅里留下一无所有、惶惶不安的奇怪生命。即便是尼哈，读起来也颇为费劲，他可是这些人中最有学识的一位——无论怎样他都居于首位，因为是他首次写下了我此刻正在书写的语言，因为是他创造了这门语言，那天晚上，他在伊尔河畔的雪中营地里写下了它。他应该重写了两次，似乎对此并不确定，又似乎不愿早早把它带上歧途，似乎虽能欣赏它却不能左右它，又似乎虽能清晰地说出它却理解不了它，又似乎甚至他必须先在嘴里逐字逐句地复述它，以说服自己懂得它表达的干瘪之意。

神职人员、神父、修道院院长和主教绞尽脑汁地想记住塞涅卡的那句话，可这句话却贫瘠、粗浅、普通、简单：Cibus, somnus, libido, per hunc circulum curritur.（饥饿、睡意、欲望，我们就是在这个圈里打转。）饥饿、睡意、欲望在我们的生命中转动，像太阳这个球体画了一个圈，每天都会回来，每个人、每只动物的躯体都追着它奔跑。这就是那有系统的时间，它影响着我们的嘴、头脑、肚子。此言无误。可它没有形成一个独特的启示。

尼哈，他像影子一样缠着兄弟，或说他的灵魂在嫉妒兄弟的奇遇，尼哈像一只巢，难以忘却消失的鸟儿，但是他在不断地忘记这句话。

哈尼，至于他，他做着孪生兄弟拼命想去做的事，完成他只能空想得精疲力竭的事情，立刻实现因欲望而垂涎的一切。

这一个委托那一个完成自己的梦想。

这一个在书写，双脚搭在罩住木炭的十字铁栏盒的盖子上，热烘烘的。旁边是哈里乌夫神父，他们在神父的小屋里。旁边是卢修斯神父，他在抄写希腊文，一只小黑猫爬上他的手，拿走他的鹅毛笔，轻轻推开他放在书桌边缘的裁纸刀，刀响亮地落到了地上。

那一个划着船，骑着马，满足自己的愿望，缓解自己的害怕、厌恶、羞愧，他在世界的另一头，在世界的另一边。

Cibus, somnus, libido, per hunc circulum curritur.

这是猫儿们的极简生活：它们游走、睡觉、奔跑，纯粹单一。

眼　泪

只有一首歌，在脑海里回旋，像是拖着脚步，往地面投去影子，在时间里驻足。不断地，有一种同样的推力在推着灵魂。不断地，有一种暴饮暴食的行径牵引着仇恨、指引着它。不断地，有一种狂热引诱着恶，它是黑色的液体，人们对它蒸馏、再煮、回流蒸馏、改良、浓缩、纯化。自哈尼出发去了海上之后，塞涅卡便是尼哈的榜样。塞涅卡还写道，恶之于人类，有如墨鱼喷出的黑色血液，让别人看不见自己，让自己在深水处继续存活。美倾向于什么？如何敢于将其说出？它在涌向什么？如何在将其表述时不觉厌恶？厄德的灵魂盘旋起来。弗雷德加尔的灵魂里满是惊恐。阿尔琴更为谨慎。保罗·迪亚克感到某种畏惧。格雷古瓦一点也不因此惊慌，但是进行了谴责。为什么一部涵盖了宗教细则、捕猎巫术、乡村谚语、手艺把戏、家庭习俗、社会职责、幼童禁令的庞大手抄古籍形成了不计其数的法律？为什么当所有人都在掠夺、偷窃、强暴、焚烧、吞食的时候，有一份列有轻微过错和严重罪孽的无尽清单，还在试图约束捕食、框住饥饿、限制干渴、让耕地轮休、扼制性器官的兴奋？如何相信也许能够掌控自己的日子？或有如神助，或合乎道义，或撇开那既微小又本能的本性涌现之处，或远离孕育了群体的家族，最终不再有偶然、惧怕、可能。动物、人类、鸟儿，他们的生命甚是粗野。这是一场不知疲倦的黑色追捕，在诱惑、在迁移。

像一场野蛮的赛跑，在重复，让心脏跳动。

在喘息，在唱歌。

12. 荒野的阵阵声响

在夜里，人们不知何时就会听到突如其来的阵阵声响，或是猫头鹰叫出的四声"欧欧欧欧"，或是灰林鸮发出的四声"咕咕咕咕"。

这黑暗之鸟也是只猫——而且人们称其为"咕咕的猫"，因为在开始剥落树木、收紧土地的寒冷里，它会突然发出这声怪异的"咕"。

这就是为什么人们在说起它时会说它在咕，也会说它在咕咕，无法选择是单音节还是双音节，是显现还是影像，是面孔还是孪生，是尼哈还是哈尼，是唯一还是重复。

鸟儿的名字并不来自约定俗成，像语言的词语那样——后者有时源于前者。

它们来自自己的歌唱。

面孔也并不尽是线条,像各类书写中的符号那样——后者常常模仿前者。

仓鸮的脸吓得所有动物都脸色苍白,任何动物。

甚至是我们自己!

仓鸮的眼睛是圆圆的黑色玛瑙,又像永恒石一样晦暗无光!

它的羽毛是树皮一样的颜色,从后背望去,看不见这只在夜间飞行的猫。

一旦破晓,咕咕叫的猫头鹰就转过背去睡觉,可即便它在我们鼻子下睡觉,我们也无法把它和树干区分开,因为它背对着我们,因为它融进了自己选择的背景,既出现在那里,又不会被猎人、巫师、熊和猞猁看见——因为它整个白天都沉浸在最为广阔的梦境里。

奇怪的鸟啊,春天刚一诞生,它就闭起了嘴。

只在9月到2月之间——从降雨到下雪之间——欧欧、咕咕的猫头鹰才会在荒野上叫出那奇怪的·"咕"。

当色彩刚刚出现,当太阳刚刚在苍穹升起,咕咕的猫儿们便开始沉默了。

灰林鸮恋爱时，会在黑暗中寂静无声地捕猎。它们带回一群群只能无助叫喊的金龟子和长有五只小嘴的尺蛾，动作迅猛，还没有咕叫——还没有唱歌，而那歌唱根本永远都不会成为一首歌。

13. 卢修斯神父与画像

在卧室的墙上挂着爱人的画像，真是甜蜜。

一天晚上，弗拉特·卢修斯正独自一人在房间里等待爱人归来，他从长柄暖床炉里取出一块熄灭的木炭，在单人间的墙上画下了他的猫。

他爱它爱得深切，画得完美无缺：就是那只小黑猫，它坐在后爪上，坐在墙上，一双漂亮的黑眼睛注视着他。

房间里的这幅友人之像不是在安抚他的爱恋，而是他的等待。有时，天气不错，猫儿会在热起来的夜晚捕食；有时，鸟儿们的歌唱在四面八方回响，吸引着它；有时，它们更激起了它间歇而迅捷的欲望去追捕，而非吞食的享受；有时，它离开他的臂弯，跳向地面，跃到窗边，在黑暗中腾飞。

那天，院长神父例行巡视各神父的单间，他命人擦

眼　泪

掉了这幅画。

惊愕的弗拉特·卢修斯去找兼任海滨弗朗西公爵的院长神父。他向他强调小猫的这幅画像用尽了自己的心思。他画得栩栩如生。他抱怨院长把画弄没了。

圣人安吉尔伯特对他说：

"你，你为什么要埋怨？我又为什么要同情你？"

"因为我爱这幅画，而且在这幅画里，我爱这只猫。"

"爱上黑猫，在现如今属于我们的基督世界里，这是已经降临的厄运。我觉得，这可能甚至是刹那间的厄运，化成了一张面孔，一张皮毛。"

"不是的。上帝在创世之时把一切都定为向善。什么都不会带来不幸。"

"谁跟你说了带来不幸？"

"那为什么，我的神父，为什么你要命人擦掉它？"

"我的弟兄，目睹对野猫情深意长……"

"……那不是野猫。"

"你在哪里发现它的？"

"森林，那里流淌着圣·马库河的支流，汇入大海。"

"眷恋着生活在森林里的野猫，或是生活在山里的猞

Ⅲ （欧洲始于何处？）

狸，或是生活在洞穴里的母熊，就是在关注古老的魔鬼和古老的仙女。是在喜爱异教徒和无神论者，而不是所有皈依基督的弟兄。为什么你不用衣袍掩护一条舌头分叉的毒蛇，或者在单间里藏起那种在拉丁语中叫作巨蟹的、长有黑色长螯的猛兽？"

弗拉特·卢修斯不知所措，便去找尼哈，向他倾诉他的父亲如何埋怨、如何回复他以前的教学老师。

他捏起大号金色圆木框老花镜；他把眼镜放在用来看书的书桌上；他俯下身，擦拭老教师的眼泪。

弗拉特·卢修斯是修道院里最棒的缮写人。他懂拉丁文，希腊文读起来胜过文书室（修道院的缮写室）里的所有修士。他把一切都教给了哈尼和尼哈，直到他们的身体在青春期时改变，直到其他欲望占据了他们的灵魂。

尼哈决定做他的律师，找父亲对峙。

但是，面对自己最喜爱的儿子、第一个出生的儿子、起名为尼哈的儿子，安吉尔伯特生硬地回答道：

"告诉他，如果他坚持，他会更害怕索姆岸边沙丘上的柴堆。如果需要，我会用一大片干枯的树枝亲自点火！

眼　泪

我不想在我修道院里的三百位修士中加上一只黑色的野猫。"

得知海滨弗朗西公爵的宣告后,卢修斯神父愤怒了。他开始厌恶他。一旦安吉尔伯特出现在修道院九条走廊其中之一的尽头,他就躲着他。晚上,他请求猫儿不要哼唱,尽量降低喵叫声和满足的呼噜声,或是蹭着他时发出的愉快低吟。

14. 格兰达洛的阿丽拉

从6月到9月,哈尼只想着她。他不会离开她一个小时。他们的身体水乳交融。哈尼待在格兰达洛地区,直到收获葡萄之时,他还愉快地参与其中。他为年轻的爱尔兰姑娘写了两首用吉他伴奏的情歌。9月的一个早晨,他把她紧紧拥在怀里,告诉她自己上午就走。哈尼用完餐后走了。阿丽拉什么都没说。

在亲人面前,她没有哭泣。一年又一年里,她未说一字。在整个一生中,她都没有把自己的痛苦倾诉给任何人。在哈尼让人修建、献给圣人埃勒泰尔和圣人鲁斯蒂克的礼拜堂里,或在旷野上,在一处灌木丛后,在一块岩石的背风处,她等待着独处的时光,哭泣的时光。

有时候,她焦虑万分。

在这些时刻,她痛苦地活着。她似乎犯了一个错误,没有足够敞开怀抱,没有好好地爱他。

另有一些时候,她感觉有一种存在挨着自己,很舒服,她和身侧的这个存在一同行走,她沿着海边和身边的这个东西说话。

还有一些时候,她用肉烹制荞麦烙饼,撒上很多香料,因为哈尼爱吃。而且,他待在格兰达洛的大宅子里时,常常细细品尝、狼吞虎咽,对它们赞不绝口。

后来,他的影子又离开了她数度春秋,阿丽拉便感到可怕的孤独。

漫长的年岁过去了,一天夜里,他回来了,非常自然地回来了,在夜晚的寂静里,她在梦里又见到了他,他从头到脚都是赤裸裸的。晚上,他贴着她的身体取暖。每当他在夜晚的阴暗中靠近,她就换种方式精心打扮。她准备着。她在身体上抹了乳霜、做了按摩。她换了床单。她编起头发。她在耳朵上戴起环圈。她在手腕上套了镯子。而她不仅仅是又看见了他,她还对他说话,而他,他回应她的话。他向她解释说自己一直在寻找从前见过的那个女人,可是没有找到。

他没有找到,她开心了。

她感觉到他在床上挨着自己。他真真地温暖了她偶尔流淌的身体内部。她渴望独自一人待在格兰达洛的房间里。她每晚都与这个存在交欢。她的大腿互相挤压,她抬起膝盖抵着下巴,她是幸福的。差不多是幸福的。

15. 欧洲始于何处?

萨尔做了预言。

她想在哈尼面前即兴创作这首有关这片大陆的诗,它朝这个世界的西方汇集而去,通向夜晚:

"有一位仙女,自打有了黏土面包,公牛就爱上了她。

她的名字是欧罗巴。

从前,她是头母牛,她转过背去,大敞后蹄,自愿献给天空火热的阳器。

罗马的古代居民喜欢说欧罗巴是腓尼基的一个公主,被劫持到了克里特岛。

但是欧罗巴从未将蹄子伸向马斯河与莱茵河之间。

她从未行走在阿登人的森林里。

该说出真相了:

在生命的进程中,

欧罗巴从来都只知晓伊斯坦布尔和以弗所。"

16. 卢修斯之痛

有一天,弗拉特·卢修斯跑到修道院的图书馆。他看起来一点都不得体。他的衣服乱糟糟的。他半裸着。他没有套上僧袍。他头发散乱。他像个疯子。他光着脚在方石砖上奔跑。他也没有在鼻梁上架起圆圆的大号老花镜。他哭尽了体内的泪水。他四肢颤抖地哭泣着。他走向尼哈撰写《历史》的木屋。他跪在他面前。他抓住王子衣袍的下摆。

"快来!快来!"他对以前的学生说道。

他啜泣着。尼哈站起身来跟着他。他们走上可以遮雨的回廊。弗拉特·卢修斯推开自己单间的那扇一直半开的房门。两个人都走了进去。

弗拉特·卢修斯关上门,指着门叫喊起来。

那只小黑猫被切成了碎块。

它的脑袋挂在左侧。

四只爪子被钉在木板上,像基督那样——或者至少像一只小乌鸦展开黑红的翅膀。

内脏垂在它的肚子下方。

弗拉特·卢修斯叫喊着,声嘶力竭,看着死去的朋友,像狼一样地嚎叫。他的头发瞬间白了。

IV

（安吉尔伯特诗歌书）

1. 达戈贝尔王的三条狗

达戈贝尔的兄弟们达成一致，要让他去死，他们骑上马，冲上去追他。达戈贝尔步行着，他们追捕他，像在卢泰西亚岛[1]四周的原始森林里追捕一头鹿。他们一直追到卢泰西亚的殉道者之山，人们后来称这里为蒙马特高地。就在此时，年幼的达戈贝尔发现，在脚下，在远处，在下面小树林的深处，在一片林中空地上，在克鲁特河边，有一间破旧的乡下小屋。就是在那里，来自雅典城的圣人狄俄尼索斯和圣人埃琉西留斯，他们从献给自己的那座山上下来后，曾把自己的头颅带过来，埋在蕨草之下。[2]

后来，那里葬了阿蕾贡德王后，因为她万分敬仰

---

[1] 今巴黎西岱岛。
[2] 传闻这两位圣人被斩首后仍抬起自己的头颅前行。

博学的主教狄俄尼索斯，他写出了美轮美奂的作品，关于寂静、否认、夜晚、狂喜。埃琉西留斯誊写了他的讲道，这讲道是献给待在星辰之后虚无的伟大上帝的。

达戈贝尔越过倒在荆棘丛里的旧门。

于是，突然，追赶他的狗都僵住了。

无论是那群狗、部队，还是他的兄弟们，都不能踏进这个像被施了魔咒一样的地方。

这是个荒芜的小院子，当中有一间茅屋，朝向克鲁特的源头，它们被一种神秘力量的保护包围着。

那三条狗一直张着嘴，安静地待在蕨草地拐角的另一边。

王子的兄弟们自发地在克鲁特河岸上跪下，身旁是被石化的狗。

629 年，达戈贝尔成为法兰克人的国王，他重建了这些曾救过自己的墙。他在那里建了一座小教堂，位于阿蕾贡德王后的墓地上。他想被安葬在她的身旁。

这座教堂后来由苏热重建，它那时有了一个圣人的名字，这位圣人曾从死亡手中救出过他。

2. 红布

从前,有一天,在龚达陇的旷野上,他们看见有个男人坐在一片水塘前,旁边有一只褐色的大箱子,还有一根藤条,藤条的一端系着一小块红布头。

他们认出了他。就是他背着那只盒子,里面的青蛙会合唱。

在水塘的另一边,有一个四岁的小女孩,名叫艾米利亚,她趴在地上,戏弄着一群蝌蚪,用手指追赶着它们。

有一条狗待在她身边,它叫守护者。

那个时候,这片水塘的名字是万水之约。

3. 圣-里基耶修道院的起源

543年,圣-日耳曼-德-普雷修道院刚刚建成,人们在整个王国的领土上就只建造修道院,献给数个世纪里被罗马人在角斗场里迫害的所有圣徒。

有一位骑士隐居在索姆河岸的一处僻静之所,挨着一个献给圣人马库的神圣水源。他叫里卡洛斯。他的托加长袍上缀满了百合花。他有着宽阔的肩膀。他强健有力,能用双臂扛起一匹成年的马,再跨过河水。他很俊美。他孔武有力、心虔志诚、至圣至尊,人人都来顶礼膜拜,他们跪在泥浆里、水芹地里、雏菊丛里,接受他的赐福,重拾对生命的热爱和信念。

不仅里卡洛斯给人带去祝福、消除痛苦,献给圣人马库的源头之水也能神奇地治愈人们。

不仅索姆河两岸的居民成群结队地步行而来,北

Ⅳ （安吉尔伯特诗歌书）

海的渔民们也驱船南下。

不仅有撒克逊的修士，还有凯尔特的德落伊教祭司。

还有爱尔兰群岛的公主们，她们扬起船帆，坐着船首饰有怪兽的船只而来。

朝圣的人越来越多，乡间住所也变成了修道院。

他辞世多年后，这里成了一个小村庄。朝圣者们来到地下圣墓，碰一碰这位隐士之王的圣物。人群密集，地下圣墓便显得很是狭小。

在缀满百合花的长袍下，他又黑又瘦的身体在慢慢干瘪。

男男女女，领主农奴，都沿着圣·马库河边排起了队，耐心地等待，一直排到森林边缘。

8世纪90年代，查理曼将圣-里基耶修道院赐给安吉尔伯特公爵，命他扩建它，并增设礼拜堂，使之配得上名字来源的那位圣人。

懂得三种神圣语言的安吉尔伯特这样构建了修道院。

他想:"上帝是三位一体的。"于是他命人建了三座教堂。他把教堂构成三角形,命人用走廊把它们彼此连接起来。

他命人供上了三十座祭坛。

他安置了三百位修士。

802年,当上皇帝后,查理曼把自己最早收藏的古老羊皮旧书赐给院长神父,也就是他的女婿,命他安排人手在文书室里进行缮写、装饰、绘图,用皮纸精装,缀满宝石。

在穹顶之上,安吉尔伯特建造了一座条形图书馆,摆放着希腊文和拉丁文书籍。

4．挂外套的圣人弗洛朗

圣人弗洛朗的外套不是圣人马丁的斗篷，在达戈贝尔国王的王宫里，圣人弗洛朗在卢泰西亚宫殿出席时，遭到了群臣一个劲的羞辱。他们附庸于国王本人，光明正大地戏弄圣人，不知廉耻。

有一天，他刚到大殿，各位参议员和王子，还有他的弟兄们，就和往常一样高傲地扭过头去，不去看这个粗野的修士，而他每次来都拿着一本书，在地砖上拖沓着一双旧绳鞋。他穿得像个穷人。他双肩上披着一件褐色羊毛斗篷。圣人弗洛朗并不理会他们。他朝前走去。

他穿过大殿，手里拿着书，一瘸一拐。

一道阳光穿过枪眼落到他的右侧。他把外套挂在阳光上。

他一直走到达戈贝尔的宝座,跪拜,亲吻法兰克国王衣袍的褶边。他开口说道:

"我打算一直走到涅德拉斯拉克。"

圣人弗洛朗真可谓学富五车智慧过人,竟能随处将外套挂在一道道阳光上。

5. 雪中的埃皮奈别墅

老鹰不是在飞。它们在空中滑行。更准确地说,它们在从地面弹跳回来的空气上飘浮。

它们能在气流中上升得很高。我们看不见它们黄色的嘴、灰色的爪子。所以,它们是最幸福的。

永远都不要正面注视一只猛禽。

它们不会飞向注视自己的人。

要把眼睛转向别处,

在原地把胳膊扮成一根枯枝。

于是它就会突然落到我们身上,

重重地,

站在手套上,我们随后走进叶丛里。

眼　泪

638年12月，达戈贝尔在埃皮奈的别墅里病倒了。他感到死亡就要到来，便命人用马车在雪中把自己一直送到圣-丹尼的隐居小屋。他登基之初曾命人在那里新建了一座礼拜堂。

639年1月19日，回光返照之时，国王明言要求院长神父给自己穿上貂皮大衣，将他埋在曾经保护过自己的圣人狄俄尼索斯旁边。不是埋在他骸骨安息的祭室里，而是在耳堂，位于祭台右边，也就是庭院那侧。

6.罗特鲁德

781年,查理曼把女儿罗特鲁德(罗特鲁达)许配给了年轻的拜占庭皇帝君士坦丁(康斯坦丁)。

罗特鲁德开始学希腊文,为前往东帝国的首都做准备,也期待注视着少女塔。

她学着用拜占庭的希腊语唱出一首诗,诗的作者曾经为爱跳海。

圣-里基耶修道院的弗拉特·卢修斯负责给年轻的罗特鲁德讲授希腊文。

787年,伊琳娜挖去了儿子君士坦丁的眼睛,以巩固权力。康斯坦丁和罗特鲁达的婚约被取消了。

查理曼当时还是法兰克国王,是他赐予诸侯(封臣、侯爵、伯爵)主教职位和无法防御的边界,又赐予使者们（主教、院长神父、神职人员）用于缮写书籍、普及知识的修道院。

实际上，保罗·迪亚克叫作瓦尔纳弗雷德。

787年的一天，他辞去了职务，不再侍奉当时还是国王的查理曼。他身形臃肿，把他吊到一头母骡身上都颇有困难。他缓慢爬上通往山顶的小路，一直隐居在卡桑山的修道院里。

789年，革命爆发。查理曼当时还是法兰克部落的国王，他再次向保罗·迪亚克求助。他依照保罗·迪亚克制定的法令，强行要求每周日用通俗语言进行传道。之后，这位法兰克国王委托阿尔琴草拟了一份告国民书（admonitio generalis），规定了在整个法兰克人领土上法国教会的吟唱方式（cantilena romana）。最后，阿尔琴受元首指示，实施了第三项规定：命令乡间神父在各自礼拜堂的属地或堂区附近创办学校，接收表现出学习兴趣的孩子。

799年，当尼哈和哈尼准备在圣-里基耶修道院学习字母和数字时，教育分为三个等级：乡村堂区的农村学校，城市的主教学校，修道院文书室（scriptoria）里均用于缮写的神圣图书馆和古代图书馆。

7. 恶

格雷古瓦的继任者是弗雷德加尔,艾因哈德的继任者是尼哈:是这四位作者最先编写了讲述法兰克人历史的传奇。

然而,实际上,写作并不意味着将手伸向天空。

写作丝毫不意味着祝福。

写作,是把手下降,伸向泥土,或是石头,或是铅,或是皮,或是纸叶,是在记录恶。

先知以赛亚曾喊道:"Vae qui scribunt, scribentes enim scribunt nequam!"(写作的人是不幸的,因为,在写作时,他们在写不该去做的事!)

然而,这是事实。以赛亚朝希伯来人呼喊的警告是千真万确的:在创作者的身上,有一种奇怪的目光,在他们的内心深处,深深地汲取着他们的身体。这个目光好像萌芽于他们古老生命的尽头。实际上，它来自地狱。它来自亡灵，它是猛兽世界的直系后代，它自从前浮现。

额头紧缩，眉头不展，寂静无声，只手悬停，它们都朝向一种神秘的统一汇集。

在所有可以预见的情况里，在最彻底的沉默中，那尚未言语的恍惚，那眼神空洞的思辨，那四下寻觅的占梦，那道谜题，都在别处得到解救或被孕育，而不是在生者之中。

它们转向另一个世界，不是此世。

它们在另一种时间中存在，不是在战士们战斗的年代、商人经商的年代、耕地人耕种的年代。

"在书中写作的人就是书本身。因此，根据时代和世界的不同，一种奇怪的含义从书中而来。"

这是艾因哈德对当时还是法兰克国王的查理大帝所说的话。

这也是尼哈复述给表弟秃头查理的话。

8. 安吉尔伯特的诗

尼哈王子的父亲——也是他名叫哈尼的孪生兄弟的父亲——名叫安吉尔伯特,被奉为圣人,他懂得三门语言。圣-里基耶修道院的院长神父在就职庆典中创作了一首长诗,题为 *Signa Deus bis sex acto lustraverat anno*(《因为一年已过,上帝已走完黄道十二宫》)。在这首以维吉尔风格构思而成的五章长诗中,安吉尔伯特解释了为什么法兰克人认为,在阳历一年结束时,会出现被狼群偷去的奇异时间。为什么天上的神令人捉摸不透?为什么太阳的往返时长不是整数?年岁经历着意外的恍惚。这就是年岁的晦暗出路和考验。在年尾,衰退的时间悲痛哀伤,人们也必须发起一场重建岁月的大战。因为,在法兰克人的所有记述中,天上的黑色母狼在时间的进程里每个月只会吞食月亮:

它也会吃掉十二个月,然后有一天,盘子空了,什么都黑了。"这日子里呦,太阳不再光明!这日子里呦,夜晚威胁着将永远蔓延在苍穹之下!你们,人类啊,你们再也摸不准有多少石头了,因为它们投下了影子。如果你们没有防卫得当,那么有朝一日,那匹老母狼就会最终吞下世界!哦黎明的祭司(……)谦卑吧,去亲吻大地,任它取走垂挂在上帝嘴里、还流着血的时间吧!"

但是尼哈对父亲说:

"父亲,这就是为什么我认为应当为斯库尔和哈提做些什么!他们是孪生兄弟,就像我,尼哈,和我亲爱的兄弟,哈尼。为什么不去牺牲一个三十三岁的男人?我们又为什么不把他献给十二星座?"

院长神父叫来萨满萨尔。但是萨尔说:

"您错了。狼是我们的兄弟。它们是我们的近亲,比你们亲得多。它们是我们的近亲,比一模一样的尼哈、哈尼两兄弟还要亲得多!你们啊,虽然你们的名字中文字散去,但它们还是一样的,可又在何处见到你们凝聚了?我爱着的哈尼去了哪里?他在北方冰封的海面上启程，此刻该在世界的东方航行了。他到了东方，穿行沙漠，遇见蜃景，攀登山峦，踏上万年积雪，他在那些地方做了什么？自从童年结束、性欲分开了你们，何时见过你们一起交谈？可我们对月圆之时的狼嚎是心领神会的。还有黎明时分公鸡与乌鸦的歌唱。如我们所想，我们不会把忧愁投射到任何动物都会发出的叫喊之上，那是它们朝黑色天空中圆圆的天体发出的叫喊。在它们内心深处，在它们不满足的肚子深处，那只老母狼诉说着自己的悲伤，直到我们也听见，而我们不过是它抱怨的一小块。就像战士的阳器只是新月的一小块，一下就消失在女人为他们敞开的阴暗洞穴里，用潮湿的手指引导方向。那只母狼更懂你们的心，女人的心永远都做不到！母亲啊，你们钻进她的腹部，她圆润了起来，饱满得就像那个天体，它在夜晚时圆时缺，每月一个轮回！应该这么说：'在犬类的肚子深处，有一记长久的吠叫传到我们这里，一直渗到我们自己的内心深处。是犬类把我们引向它们，教给我们群居生活、围猎和月亮在熊星座与鹿星座之间的穹顶上走过的旅程。歌唱，总是出于饥

眼　泪

饿、梦、欲望！我们分享同一块肉、同一次心碎的经历，还有两个王国的同一场启封，它们彼此敞开用角和象牙做成的大门，人们在年末或日子结束时想将其关上，可这些门再也不会关闭。我们哭哭啼啼地走向留在身后的第一个洞窟，它像是一个夜晚在跟随我们，我们却从未能抵达那里。此时，它们哭了，而我们试图竭尽所能地远离这个夜晚，它令我们闻风丧胆。可我们也一样，我们的嘴里黑洞洞的，每天都在用死者填满它。'"

V
（罗马历元月十六书）

1. 法兰克人的王国

　　从前，有一天，569年的一天，法兰克人的王国（regnum Francorum）取代了古高卢（Gallia transalpina）。高卢人的部族要么被接连灭绝，要么被罗马军团流放和奴役。掌管法兰克首领的国王们从未将宫殿建在欧洲南部。他们酷爱野兽；酷爱幽暗的森林；酷爱雨水坠落时那震撼、强健和湍急的歌唱；酷爱炫目的皑皑白雪，冰雪花去数月静静地滑落到平原，经久不化；酷爱母鹿竖起的耳朵和奇特的鹿角，鹿角在毛茸茸的脑袋上激昂碰撞。战士们喜欢的橡树林低垂在双粒小麦地、麦地、黑麦地上，以及满是梭鱼、蓝色鳟鱼、鳌虾和鳗鱼的河流边。熊、野猪、狼、猛禽，他们用这些动物的形象在石头上做记号、装饰青铜徽章。所有人都是猎人，在成为战士之前，所有人就已经是猎人了，只是人类的猎人。他们走进阴暗的森林。查理国王前面有四个狩猎队长领路。武器指挥官、猎鹰指挥官、猎犬指挥官、马队指挥官。

查理曼有两个挚爱,胜过一切。

森林。

女儿贝尔特。

艾因哈德曾用拉丁文写下对贝尔特公主的描绘:她和父亲卡尔像一个模子里刻出来的。头发也像,尖细的嗓门也像,嘴也像,臃肿的脖子也像,又圆又大又有神的眼睛也像,时常乐开怀的脸庞(facie laeta, hilari)也像,隆起的肚子(venter projector)也像。贝尔特就是女性化的查理。贝尔特生了双胞胎,海滨弗朗西公爵给他们起了尼哈和哈尼这对名字,但卡尔大帝不愿让贝尔塔嫁给安吉尔伯特。儿子们的争斗已让他苦恼不堪,更不用说还有儿媳们的贪得无厌、女婿们的虎视眈眈。在埃克斯-拉-夏贝尔(亚琛),法兰克国王的身边有妻妾、嫔妇、所有女儿。这里其实算不上是后宫,也不是王宫,艾因哈德写道,这是一个女人窝[1]:一个女人群,就像说一个野猪群那样。

---

[1] 女人窝,原文为拉丁语 contubernium。

2. 国王的阿尔卑斯山之旅

查理大帝在埃克斯-拉-夏贝尔度过了799年的圣诞节，他在那里狩猎，有时去猎场，有时进雪地。

800年复活节，他去了圣-里基耶修道院，和安吉尔伯特、贝尔特、尼哈、哈尼一道庆祝了主耶稣基督的复活：他脱去衣物，沉进神奇的泉水里。

在图尔，阿尔琴接待了他，给他披上了圣人马丁的神圣斗篷：斗篷不会灼伤他的肩膀。这位上帝选出的国王，便行走在阿尔卑斯山的小路上。

美丽的拉文纳，四周围有沟壑与松树，遍布马赛克瓷砖，他在那里怡然自得、沉醉其中。

800年12月23日，教皇利奥三世依照古代的礼节距离，在离罗马十二里的诺曼顿迎接了查理曼及其家眷（其中有贝尔特和安吉尔伯特）。

就在那里，国王的旗帜飘扬起来。就在那里，开

眼　泪

始了严格意义上的"胜利"。拉丁文写作 adventus Caesaris（凯撒般的降临）。法兰克国王骑上马，走在领主们的前面，还没等到宗教权威给他加冕，他就以皇帝的身份进城了。

查理曼随即在圣-彼得大教堂（templum Pietri）召开了一次教务会议。

查理国王在众人面前聆听了教皇利奥三世的"炼狱誓言"。在座的有诸位主教和院长，各位伯爵和王子站立一旁。

查理曼一直坐着，教皇站起身，走上高讲台，宣读誓言。

主教会议进入审议环节，以一条简明扼要的理由复辟了帝国：拜占庭已落入一个女人（伊琳娜）手中，皇帝的头衔（nomen imperatoris）已宣告空缺。

基督教和法兰克这两个议会，都为之热泪欢呼。于是突然间，在这座大教堂祭台处，la potestas（君权）与 le nomen（名号）合二为一。

艾因哈德在史书上颇有分寸地记载道："800 年 12 月 23 日，卡罗路不愿拒绝主教和人民的请求，便接受了皇帝的名号"（suscepit imperii nomen）。

3. 皇帝的加冕

800 年 12 月 25 日，加冕典礼在梵蒂冈大教堂举行。

典礼安排在献给圣徒彼得的祭台前，之后是隆重的弥撒。

典礼包括以下四个部分。

首先是查理曼以拜占庭的方式行俯伏礼[1]，身体完全趴在地面上（proskinèsis）。

然后国王起身，教皇利奥三世给查理戴上皇冠（Carolus coronatus）。

随后是祝圣仪式[2]，教皇请皇帝进入主教之列。

1　俯伏礼，原文为拉丁语 prosternatio。
2　祝圣仪式，原文为拉丁语 consecratio。

最后,罗马公民们欢呼[1]起来,喊着"神授君权,查理我皇",法兰克战士们一致呼喊着"常胜之师,永世不朽!"

新的罗马银币轧制了出来。

正面是查理的头像,围有拉丁铭文:Karolus Imperator[2]。

背面是罗马的圣彼得教堂,上面有一个十字架,也围有拉丁铭文:Christiana Religio[3]。

---

1 欢呼,原文为拉丁语 acclamatio。
2 意为"统帅卡尔"。
3 意为"基督教"。

4. 查理曼之死

813年冬天,查理大帝病倒了。他让自己在发烧中死于饥饿。

814年1月28日,上午9点,他咽气了。

海滨公爵安吉尔伯特,也紧随其后死了。

儿子尼哈把父亲葬在圣-里基耶修道院,安置在一只饰有珐琅的皮箱里。

哈尼不知所踪。

在亚琛,查理曼的所有妻妾、姘妇和女儿都被虔诚者路易驱逐出宫。

贝尔特、德欧特莱德、希尔特鲁德、吉泽尔、艾门,她们在1月的寒冷中登上了一辆马车,钻到篷布下。

她们所有人都被安排在不同的修道院。

5. 历史学家尼哈

840年6月，虔诚者路易死了。尼哈随即把自己的命运交给了秃头查理，他是巴伐利亚的朱迪斯·韦尔夫和虔诚者路易的儿子，是尼哈的众表弟中年纪最小的一个，刚刚庆祝过十七岁生日。

840年7月，秃头查理派遣尼哈伯爵为大使，劳吉埃为陪同，前往洛泰尔（洛戴尔）那里，因为他拒绝与弟弟查理（卡尔）签订一切以共享帝国为目的的协议。

查理大帝的三个法定孙子之间颇有嫌隙。

840年冬天，艾因哈德被人发现死在塞利根施塔特修道院。

艾因哈德是查理大帝的皇家文书，为其撰写史书，

V　（罗马历元月十六书）

尼哈以同样的身份为秃头查理效劳。

那是在 841 年 5 月中旬，一行人来到香槟沙隆。秃头查理命同是查理曼孙辈的尼哈为自己撰写史书，以平息流传在统治疆域上的诽谤和污蔑，先发制人；而恶意的流言已经扩散，说的是虔诚者路易三子准备发动的那场生死之战。

6. 丰特努瓦战役

841年6月21日,三兄弟的行军在桑斯和欧塞尔的交界处相遇了,他们围着一片沼泽,沿着一片小树林列队。

突然,他们犹豫了。

洛泰尔决定离开,前往皮伊赛地区圣索沃,在丰特努瓦森林的腹地安扎军队。

两个弟弟查理和路易的军队已经缔结了一项盟约,将他团团围住。他们驻扎在居里。

841年6月25日,早晨8点,在皮伊赛的森林边上,丰特努瓦战役打响了。

战斗发生在第一缕阳光中,在勃艮第小溪(rivolum Burdigundonum)边,它在今天叫作圣-博奈小溪。在

V　（罗马历元月十六书）

法兰克人眼里，随着四季循环，专有名词在变小、缩短、逐渐集中。秃头查理（卡尔）和日耳曼人路易（路德维希）对洛泰尔（洛戴尔）的首次袭击就猛烈非常。尼哈作为国王的文书，不仅全程观战、做了记录，还在总管大臣亚达尔海德的指挥下参与其中。

尼哈写道："战利品不计其数，杀戮无止无休。"

洛泰尔及其残军逃走了，扔掉了所有战车。

841年6月26日是个星期天，这一天用来埋葬所有死者，不分敌我，他们都是法兰克人。

很快，秃头查理和日耳曼人路易便召开了主教会议，宣告联军胜利。众主教和院长神父宣布："万能上帝的审判（judicium Dei omnipotentis）在这场战役的血泊中已经被昭告天下。"

他们发布了斋戒三日的政令，一方面净化幸存战士的心灵，另一方面平息死者灵魂的愤怒，因为他们抛洒了无尽的热血，流进了森林。

7.《阿让塔利亚誓言》

841年10月初,尼哈和秃头查理在巴黎,在圣-克卢宫殿里。

尼哈在书中记道,841年10月18日这一天,6点57分,他在圣-克卢的树林上方发现了一件奇妙的怪事。那是一次日食。他以此结束了《历史》的第二部分。

842年2月初,在丰特努瓦战役中获胜的两支军队在冰冷中相会在斯特拉斯堡,驻扎下来,一方在伊尔河岸,另一方在莱茵河岸。

中旬,平原上结了冰,那是2月14日星期五,临近正午时,两位国王和各首领——部族公爵——郑重地写下了一份双方和平誓言,并在上帝面前缔结了一项互助条约,有魔力,有神力,用以共同对抗洛泰尔。

V （罗马历元月十六书）

于是，842年2月14日星期五，临近正午时，在寒冷中，一种奇怪的薄雾从他们的嘴唇上升起。

人们称之为法语。

尼哈，是第一个，书写法语的人。

人们今天所说的《斯特拉斯堡誓言》在当时被众主教和院长神父用拉丁语称为 Sacrements d'Argentaria[1]。

尼哈本人在著作《历史》中说道，伊尔河畔阿让塔利亚城，"现在大部分当地人称之为斯特拉斯堡"（nunc Strazburg vulgo dicitur）。

很少有社会了解象征性的天翻地覆发生的瞬间：母语的诞生，情形，地点，当时的天气。

是一种原初的偶然。

那是一种奇迹，能够观察编码过程。能够凝视文字迁移的疯狂时刻。人们见证了混乱，因为具有象征

---

1 意为"《阿让塔利亚誓言》"。

意义的新王权突然得到了认可。没有半成品的语言：冷气中的一个人类气息就改变了语言。人们触碰到了空无：触碰到纯粹的偶然性。同样偶然地，"斯特拉斯堡"一词取代了"阿让塔利亚"这一称呼；同样意外地，"拉丁文"转变到了"法文"。

8.《斯特拉斯堡誓言》[1]

我将力求详细描述这场偶然的诞生,它令人惊愕,界定了土地,改变了时间的进程。842 年 2 月 14 日星期五,临近正午时,在寒冷中,人们只用了一个动作,就在瞬间攀过了七个阶段。

(1) Sacramentum(誓言)由各教区的主教和修道院的神父用拉丁文(in lingua latina)起草。

(2) 两位国王宣誓(juraverunt)时,用拜占庭希腊人的方式交叉着语言(像是打碎了陶土牌,再将这两块符号板拼接起来。如此,皇家的话语便永远都镌刻在各语言里、各民族里)。

(3) 德意志国王日耳曼人路易较为年长,他当着

---

1 《斯特拉斯堡誓言》,原文为德语 Strazburger Eide。

兄弟部队的面，用法文（in lingua romana）念出誓言。

（4）法兰西国王秃头查理较为年幼，他当着兄弟部队的面，用德文（in lingua teudesca）宣读誓言。

（5）日耳曼法兰克人部落的首领们——拉丁文写作"ducs"——在自己部队面前用家乡话（in lingua rustica，用他们自己的语言，对德意志部落来说就是原生德语）宣读国王之间缔结的誓死公约，让所有说德语的战士都听懂公约的内容。

（6）"法兰西"法兰克人部落的首领们——拉丁文写作"ducs"——在自己部队面前用家乡话（in lingua rustica，用他们自己的语言，对法兰西部落来说就是原生法语）宣读国王之间缔结的誓死公约，让所有说法语的战士都听懂公约的内容。

（7）最后，尼哈在古老的阿让塔利亚用三种语言（拉丁语、德语、法语）在书中记下了人们用三种"形态"宣读的誓言。此时，冬日里的太阳抵达了天顶。从这天起，人们便将这个位于伊尔河畔的城镇称为"斯特拉斯堡"，这一天是 842 年 2 月 14 日。

就这样，在一个冬日，一个星期五，法语和德语

V （罗马历元月十六书）

肩并着肩，既相逢在阿尔萨斯的平原上，又相逢在编年史里，这份编年史是用拉丁文草拟的，出自王室文书尼哈的鹅毛笔，书写在一张被精心剃毛、打磨的小牛皮上。这是欧洲的罗塞塔石碑。

Argentariae Sacramenta. Strazburger Eide. Serments de Strasbourg. [1]

---

1 依次为拉丁语、德语、法语中这一誓言的名称。

9. 不会有任何援助

尼哈明确记载道,日耳曼人路易和秃头查理两位国王以及法兰克各部落首领(ducs)宣读条约(pactum)的那天,大雪纷纷扬扬地落在结了冰的地面上(subsequente gelu nix multa cecidit)。

2月14日,在寒冷中,在雪花里,在他们冻僵的嘴唇上,第一句法语被说了出来,尼哈听得懂,趁这些词语还在空气中前进时记了下来:

Pro Deo amour et pro christian poblo
et nostro commun salvament
si Lodhuwigs sagrament que son fradre Karlo jurat
ni je ni nul qui en puissent returnar

V （罗马历元月十六书）

en nulle aide, contre Lodhuwighs, ne serai.[1]

于是第一篇法语文本以一个卓越的否定句结束了，如若违背誓言，它便是一个可怕的放逐诅咒。

不会有任何援助。

我不会，任何人都不会。

不过没有人违背誓言。

帝国分为三个面积相等的部分。中间的法兰西留给洛泰尔。西边的法兰西交还给秃头查理。东边的法兰西依然由日耳曼人路易统治。

如今的欧洲版图在那时已见分晓。

而且——在源头处这场奇特的偶然中，在从嘴唇上升起的微白呼气中，在从天上落下的大片（multa）雪花中——欧罗巴已经历的所有战争和依然在经历的竞争都写在了这一刻。

---

[1] 意为：以上帝之爱之名，以基督人民之名，
　　以我们共同的救赎之名，
　　如果路易遵守他对兄弟查理所发的誓言，
　　那么我或任何人都不得帮助查理对付路易。

10. 在暴风雪中出发

第二天,842年2月15日星期六一到,日耳曼人路易便沿着莱茵河出发,抵达斯皮尔驻扎在沃尔姆斯。

第二天,842年2月15日星期六一到,秃头查理便踏进盖着厚重积雪的孚日森林。穿过安斯帕克。离开维森堡。之后,查理国王来到萨尔布吕肯,解放了梅斯的圣-阿诺修道院,那一天是2月24日。

6月15日星期四,在马孔南方的安西拉岛上,双方签署了2月14日星期五的誓言,印上了两位国王的指环。

秃头查理和日耳曼人路易两位国王的部队等距离地驻守在索恩河的两侧,一如小岛与两岸距离相等。

一年后,在843年8月的酷热中,那份于842年2

月 14 日在斯特拉斯堡的寒冷中被宣读、于 842 年 6 月 15 日星期四在安西拉岛被封印的誓言,最终在马斯河西岸因《凡尔登条约》规定了领土划分而圆满结束。

但是尼哈没有去 Civitas Verodunensium(凡尔登城)。

VI

(尼哈离世书)

1. 尼哈敏感退隐

842年12月14日，秃头查理迎娶了埃蒙特鲁德。埃蒙特鲁德是统治卢瓦尔河谷的厄德公爵之女。她是总管大臣亚达尔海德的侄女，尼哈在丰特努瓦战役中曾归他所管，他们不属于同一氏族。尼哈知道领土分割对自己而言不是一件好事。

尼哈立刻离开了秃头查理的王宫，当时正值冬季，王宫坐落于瓦朗谢讷。

他在12月的风雪中策马前行。

他退出了政治舞台，写下了痛苦、心碎的字眼，美得让我想翻译出来："我焦虑的（anxia）思想，被不和与竞争团团围住，无止无休地想着该如何彻底避开政治。但是命运已牢牢将我拴住（junxit），让我经历了对阵双方之间发生的一切，我感觉自己总是不由自主地摇摆在可怕的暴风雨中,所以我根本不知道自己的一生将在哪个港口靠岸。"

尼哈撰写的《历史》中注明日期的最后一个事件出现在第四部,也是最后一部的末尾,那是一次月食,发生在 843 年 3 月 19 日,在黑洞洞的天空尽头。

2.尼哈的遗嘱

843年3月19日,月亮黑黑的,夜晚骤然彻底入侵了世界,尼哈放下鹅毛笔,摆好裁纸刀,盖上墨水盒。

他成了圣-里基耶修道院的世俗院长神父,和他的父亲一样。

弗拉特·卢修斯依然在世。

捕鸟人费尼西亚努依然在世。

画家克里克维尔德依然在世。

贝尔特依然在世。

他的孪生兄弟哈尼依然在世。

如果从宗教角度把尼哈和他后来成了圣人安吉尔伯特的父亲做比较,那么他本身并不似父亲虔诚,却是独特的。他爱着天空和上帝——或者更确切地说,他像爱着天空一样爱着上帝。

就像后来，苏热在一场奇怪的革命中不再区分上帝和光明。

去世前，尼哈院长伯爵嘱托修道院的弟兄们把自己埋在基督的土地里，但是要直接位于星空之下。

"我的父亲安吉尔伯特待在了修道院，在十字架下。而我，我要待在门口，在天空下。"

3. 尼哈之死

843年春天，诺曼底的舰队袭击了康什河边的昆都维克，穿过了芒什海的支流，摧毁了阿姆维克港口，又沿着泰晤士河北上，破坏了伦敦，最后又回来了。

844年，Nordmann——诺曼底人——回来了。他们收入囊中的有法兰克人新建的修道院和"礼拜堂"，连同罗马人的古老住宅与"大教堂"，遍布在索姆河岸、康什河岸、塞纳河岸、荣纳河岸、卢瓦尔河岸、加龙河岸。

尼哈在和他们战斗时死去。

尼哈院长伯爵（abbas et comes Nithardus）死了，诺曼底人朝他的头部刺了一剑。

他的头颅被劈开，顷刻毙命。他的双腿松软了。他的身体瘫倒在波浪里。大大小小的海鸥猛扑过去。

眼　泪

人们在结实的土地上拉走他的尸体。天上的鸟儿们一边追着,一边叫着、鸣叫。

人们脱去他的衣服。在他的肉体上撒了盐(sale perfusum)。

人们在他的身体上盖了一匹鲜红的布。

人们把他放在一张镶着皮边的木板上(lecticam ligneam coriatam)。

人们把尸体抬到一辆马车上,送到圣-里基耶修道院。

人们按照他的要求,把他葬在修道院广场上的一处台阶下,用古代法兰克人的方式,与星星直接接触。

秃头查理没有去。

人们不知道哈尼是否出席了安葬祭礼。

4. 萨尔的眼泪

从前，有一天，女巫萨尔面朝大海坐着。她哭了。她轻声唱道：

"哈尼朝着太阳走了，他在哪儿？每当那个我再也看不见的星体上升，当我感到它的温度爬到了手上，我就会问自己这个问题。

孩子们把小船拴在自己圆圆的小手上，用的是一团棕色细绳，那其实是一缕麻绳。

绳子虽短却也碍事，它把孩子们和玩具连在一起，在那些不太灵活的指头下缠绕。

湿气让绳子慢慢变重、变得黏糊。

绳子上纠缠着杂乱的欲望，还有急切切的后悔、挑战与胆怯。

突然，他们迫不及待地拉紧绳子、重新牵起小船，

他们想象着自己在涌起的流水上驾驭船只,

没有松手。

为了那些毫无意义的任务,我们死去得太快、太早、太可耻。

哈尼是谁?哈尼如何知晓兄弟的死讯?丰特努瓦战役打响时哈尼在哪儿?浓雾覆盖了伊尔河域的小山谷和水渠,河上横跨着老阿让塔利亚和新斯特拉斯堡的小木桥,法兰克人在这场浓雾里开始说法语了,而此时哈尼又在哪里?他有没有参加索恩河边的安西拉领土和解?当尼哈决心离开查理在瓦朗谢讷的王宫时,他有没有回去?"

而萨尔,这位索姆湾的萨满,更为忧郁地唱道:

"我四处寻找他的脸庞,一如他在寻找那张并不存在的脸庞!"

5. 萨尔与哈尼

在位于以弗所的狩猎女神狄安娜神庙里,哈尼的灵魂自言自语道:

"如果见了那张脸,也许我会恐惧、会逃离?"

哈尼待在以弗所的城门口,在山下,而在同一时刻,在同一天,那位仙女正坐在旭日前,在沙滩上唱着歌,呻吟着。此时哈尼一根根地解下缠在梳齿上的萨尔的头发,他一直保存着。

他把这些头发都用狄安娜之火烧毁了,除了一根,他把它系在自己的脖子上。

哈尼爱着那位年老的盲人吗?

也许他爱着黑夜?还是狄安娜?她是鹿的女神,

是夜空中的月亮,他在她的神庙里烧毁了头发。

也许他只是纯粹爱着夜晚本身?爱得胜过所有男人、女人、船只、马儿、头发、鬃毛、船帆、蓝黑相间的翅膀、那只松鸦。

这把梳子精美绝伦。它是用白象牙做的。它的八个齿上镶嵌着红色和铜黄色的宝石,固定在象牙大梳齿的支架上。但是哈尼已经忘了把梳子赠送给自己的格兰达洛王后。他抛弃了爱尔兰的阿丽拉,也忘记了蒂兰。他忘了路西拉,她愚蠢至极地推开了蓝莓。他忘了瘦削的玛克尔。他再也想不起拜占庭的欧朵西。他深爱着女人的头发和她们长长的辫子、她们的发髻、她们的味道、把脸埋进去的绸缎,还有裸露的脖子,或是锁骨,或是耳窝,他凑上前去呼吸,享受着。

工艺品、象牙、宝石、色彩、价值,皆无足轻重。

哈尼把梳子扔到灯芯草丛里,丢弃在沙滩上的泥浆里。

他只留了一根萨尔的头发,连同一块金币系在脖子上,金币上轧制着外祖父的头像。

"人们就这样爱着。"哈尼说道。

"人们就这样离开这个世界。"哈尼又说道。

6. 捕鸟者费尼西亚努的故事

费尼西亚努的手上总是站着一只乌鸦。这个叫作费尼西亚努的驯隼人会巫术。因为有鸦科鸟（黑色的乌鸦，橡树上蓝黑相间的松鸦，白嘴秃鼻乌鸦）相助，他遇见了想见的生命。他不识字，但是博学，甚至"聪慧"，也就是会巫术。

尼哈刚死，费尼西亚努就和年老的卢修斯结交了。

捕鸟人为领主们在笼子里关着隼、老鹰、苍鹰、灰背隼和雀鹰。可实际上，这是一位大师，在捕鸟人那只被鸟啄烂、撕碎的破旧皮手套下面，藏着一只会魔法的手。

实际上，他训练的是灵魂，把它们逐一送回天空。

而最有活力的灵魂是最黑暗的。

而最黑暗的，当然是和煤块一样黑的乌鸦。

7. 费尼西亚努的教导

费尼西亚努目不识丁,却知晓鸟儿的一切。它们帮他把消息传达给世界上他想告诉的人。

卢修斯一直想教他识字,他却开始一点点地教卢修斯唱歌。

费尼西亚努起先教他辨认歌声,弗拉特·卢修斯高兴得哭了,因为他终于能在森林里分辨出歌声,终于能想象出旋律背后丰满的身躯,终于能想象出节奏和频率背后不同羽毛的色彩或色调。

他喜欢不看外表便去命名,因为这就是语言的功能。

费尼西亚努在夜晚结束时举起胳膊。

"那是外号叫作鸮的猫头鹰,"他对他解释道,"是猫头鹰在回应红喉雀。夜里,是猫头鹰在柴房的老屋

Ⅵ （尼哈离世书）

顶上唱歌。它们的二重唱迷住了灵魂。"

"我更喜欢观察，而不是理解。"费尼西亚努说道。
"你开始阅读了。"弗拉特·卢修斯回应道。

费尼西亚努对弗拉特·卢修斯说：
"仓鸮腹部洁白，易于辨认，像一块永恒的雪挂在黑色的穹顶下。夜色最浓时，这团绒毛会放出冷光；它像一弯新月一样令人着迷；有时，它会迅即得像一道射出的闪电令人不安。一记刺耳、持久的长鸣猛然提起了心，像一张长长的床单，人们沿着整个长度撕开它，可这场撕裂无止无休。这叫喊只向其他夜间信使指出一个地方：可以睡觉，有它渴望的安宁，它最终在那里安静下来。仓鸮不会重复这声叫喊。它在自己叫喊的回声中突然入睡，睡在钟楼上，或是老塔楼的石头上，或是河边柴房破败屋顶的瓦片上，睡在苍白的日光中，日光重现，吓着了它，似是它唯一的神。

它从不正眼瞧任何东西，就像从前的罗马贵族女人。

准备战斗时，它翻过身，不去看猎物，它在黑暗中只去听对方的移动。它仰起头，直截了当地朝前方投出手一般的爪子，去抓住它听到的声音。"

"它对你唱歌时，感受一下，像是有人在撕开你自己的裹尸布。"

"灵魂在撕裂瞬间时就是思想。"弗拉特·卢修斯说道。

"我更喜欢思考，而不是审判。体验，就是闭上眼睛。"费尼西亚努说道。

"但在思考的时候，你依然在做梦。在思考的时候，你依然留在夜晚。"弗拉特·卢修斯对他回应道。

费尼西亚努对弗拉特·卢修斯说：

"在啄木鸟里，雄鸟喜欢在树干上敲打。啄木鸟是第一位更爱乐器而非噪音的音乐家。它甚至为自己制造弦乐器。它的歌唱是那块它喜爱的、因自己凿洞而回响的木头。这美丽的弦乐器制造者，它抖动着鲜红的小帽子，每天重新挖掘自己的歌唱。所以，它在自己的耳边继续深挖雕刻出的巢穴,精雕细琢。当回声指出藏在树皮里的幼虫,它就欣喜若狂。啄木鸟喜爱受自己保护的树,为它除去幼虫。它们先是痛击虫子,再吃掉它们。"

"我更喜欢感觉,而不是察觉。"费尼西亚努说道。
"你可能准备好去爱了。"卢修斯回应他道。

费尼西亚努对弗拉特·卢修斯说:
"老鹰既不唱歌也不敲打,人们说它们像猫一样在叫。另有极少数人说,老鹰在'叽叽叫',而不是喵喵叫。但是一切都取决于老鹰。总之,它会突然像一只小猫在叫喊,悬挂在树枝上。"

弗拉特·卢修斯哭了,因为他想起了自己曾经爱过的一只猫。

萨满萨尔赶走了捕鸟人,他不懂顺着神父的鼻子留下的眼泪。

失明的老仙女走过去,一把抓过弗拉特·卢修斯。她紧紧地抱着他,不说一字。

他哭着，他哭着。

之后，在这两个上了年纪但比自己年轻得多的男人面前，她提起了哈尼：

"他那种人，用羞愧来承担身体上的悲痛，那身体越来越细长，不高但有皱纹，没有经历过战争却受了伤，放弃一切权力，甚至接受失宠，用羞愧掩饰一种人们不再懂得的崇高。那种人身穿黑衣，钻进阴暗里。"

8. 爱的奇遇

哈尼得知外祖父死讯的过程如下。

在拉古萨港口边的山里,他走在美景中,心无所念。他沿着长有黄杨和紫罗兰的小路走着,莫名感动。

他感觉听到有一只鸫站在树枝上。

鸫的歌唱是:发出噼啪声。

它们突然发出噼啪声,像金雀花的黑色豆荚在酷热里开裂一样。

于是他知道了,他踏上了一条船。

安吉尔伯特紧随查理曼而去。朋友们就是这样死去的。

他在母亲贝尔特身边祈祷过后离开了她。

在献给里基耶国王的修道院殿堂的中心,他在父亲的坟前弯下膝盖,没有见到兄弟尼哈。

眼　泪

哈尼得知兄弟尼哈死讯的过程如下。

"森林里的动物跟我讲了什么[1]？"贝尔塔用自己的母语向哈尼问道。当时哈尼回到了母亲所在的修道院，贝尔塔是在814年1月父亲查理大帝去世后被虔诚者路易分配到此处的。

哈尼在接待室的栅栏后面，不知如何回答母亲。

他已经听不懂她所用的语言。

"是废墟。"贝尔特用法语对哈尼说。"森林里的动物跟我讲了什么？是废墟。"她重复道。

"爱告诉了我什么[2]？"这就是哈尼思考的问题，现在是否应该把自己的一生用奥依人的语言说出来。他又走了。没有人知道哈尼朝哪里去了。谁都不知道他能靠什么生活。他游历四方。他驾着船。他骑着马。他不在某个地方停留。人们说，他还是个小宝宝时，有个住在索姆岸边的仙女夫人曾经救过他。他几乎不

1　森林里的动物跟我讲了什么，原文为德语 Was mir die *Tiere im Wald* erzählen。
2　爱告诉了我什么，原文为德语 Was mir die Liebe erzählt。

Ⅵ （尼哈离世书）

说话。他不吃东西。他的名字只是另一个名字的反面，他也丝毫不在乎这个世界，这个世界只是另一个世界的幽灵。他那位叫作尼哈的孪生兄弟在世时，却是这么看他的：尼哈认为那是一个男人的冷漠，此人的思想毅然决然地转向了一个非常规的方向。有个东西拥有一张唯一的女性面孔，吸引着他的脚步和欲望，日日夜夜、时时刻刻地纠缠着他，出现在他的梦境里。他更喜欢羞愧而非错误，欲望而非享乐，好奇而非王权，游荡而非荣耀，海洋、森林、动物和鸟儿，而非坚固的桥梁、铺着石板的小路、市镇广场、港口码头、宫殿厅室和人们为之欢呼的掌权者之名。

他活得好似一位圣人，但仅仅是好似。

他们的外祖父成了皇帝，那时他们刚刚出生。

他们的外祖父去世了，那时他们不在一起。

他的身体在王室礼拜堂的地下墓室里干瘪。

他的心脏和肝脏被安置在一个奇特的坟墓里。

一口华美的罗马石棺上饰有地狱女神普鲁塞庇娜，画的是她在恩纳平原采花时被哈迪斯掠去的瞬间。

是皇帝本人在拉文纳的泥塘边选择了这个非凡的冥界女神。

他用手摸了摸她美丽的大理石脸庞下面，举止仿佛圣·马库源头的隐士国王在治愈法兰克人的喉咙。

但是他的外孙哈尼，他却毫不犹豫地喜欢着心爱女人的陌生面孔，而非死神的王后。

他喜欢这张面孔的温柔，乃至胜过上帝在那里大张着嘴痛苦叫喊的十字架。

哈尼王子说：

"我不明白为什么我们习惯称这些是罪恶：沼泽，死水，纠缠不休、持久、陷入淤泥、重复、缓慢的东西，流沙，凝视，心醉神迷。我不明白为什么我们习惯称这些为美德：邪恶的时间，死亡，战争，胜利，猛烈的怒斥，放弃的叫喊，长枪，剑，马蹄，历史。"

9.哈尼在巴格达

到了巴格达后,哈尼终于见到了那张脸。而且他深信,这个女人的脸不只是像自己心里惦记着的那张面孔。他整个人都红了。他打听那位年轻的女人,她住在卡尔赫区,那里商人居多。于是他用重金租下了她对面的房子。他细心地摆设好家具。他让人修缮了喷泉。他让人重新布置了花园,配上了新的装饰品、开着花儿的灌木丛、柑树、覆盆子、柠檬树、棕榈树、鸟儿。

从花园里,他能看见她的窗户。

他欣喜若狂地度过了六天。

当她来到窗前,看着他花园里的工程进展,他就在想:"是她的脸!"

当他躲在小树丛里,朝她抬眼望去,他对她的感觉溢于言表。

在这个世上,没有比无意中遇见心爱之人更美好的时刻了,他们的出现令人感到出乎意料的眩晕。

他终于请到她了,她由父亲陪同前来参加他和本区首领组织的宴会。他想向邻居们表示敬意,并邀请他们参观自己全新的住宅。借此机会,他向她打了招呼,走上前去。

"您的手红了。"

"我白天做双耳瓶。"

"您没有那张我在寻找的面孔。"

"我有我自己的面孔。"

"您没有那张我在寻找的面孔。"他气恼地重复道。

"这是上帝给我的。我无法用自己红红的两只手做出另一个。"

10.乔纳德·勒·苏费

乔纳德·勒·苏费在 880 年写道:"生命的本质并不言语,当它显现时'是我'。生命的本质不认识自我。它会显现。随后闭合起来。"

VII

(圣女欧拉丽继抒咏)

1. 她化作一只白鸽飞走了[1]

她的衣裙由冷气中呼出的气息结晶而成。人们可以看见她的整个身体,从因欲望而变硬的乳头,一直到像耳朵一样柔软的阴唇。

她的性器官像个字母 e,仅此而已。

这是他们之间唯一的区别。

她的脖子断开了:一只鸟儿从中飞了出来。

---

[1] 她化作一只白鸽飞走了,原文为罗曼语 In figure de colomb volat al ciel。

2. 法国文学的诞生

法语书写的第一次足迹追溯至 842 年 2 月 14 日星期五，在斯特拉斯堡，在莱茵河畔。

法国文学的第一部作品追溯至 881 年 2 月 12 日星期三，在瓦朗谢讷，在埃斯考河畔。

传统上，人们将这第一首用法语写就的诗歌题名为《圣女欧拉丽继抒咏》。圣歌写在皮纸上，本是没有标题的。为什么是"继抒咏[1]"？因为神父们就是这样用拉丁文命名在两种地方唱出的赞美歌的：一是古代罗马大教堂，在古色古风的穹顶下；二是法兰克人新建的罗马神殿，在全新"礼拜堂"里回声阵阵的穹顶正下方。

---

1 继抒咏，原文为拉丁语 sequentia。

Ⅶ （圣女欧拉丽继抒咏）

877年底，10月6日，秃头查理，也就是加洛林王朝的最后一位皇帝——从前，在9世纪40年代，尼哈是他的文书——死了，悲惨地死在莫里耶讷一个山谷中的一间牲畜棚里——甚至没有一头驴的气息，或是一头牛的呼吸，来温暖他的四肢、安抚他的恐惧。

878年初，人们花了八天时间将圣女欧拉丽的圣物护送到瓦朗谢讷的河口。

2月12日，主教迎接了它们。

当天，拉丁文圣歌《圣女欧拉丽继抒咏》[1]从众修士的口中升起，他们组成了大合唱与盛大的仪式队伍：瓦朗谢讷教区的所有神父和教士都来了，后面是信徒和各份地[2]的奴隶，他们要把圣女欧拉丽的骸骨安置在圣-阿芒修道院主礼拜堂祭坛下方的地下墓室里。

三年后，准确地说是881年2月12日星期三，在

1　《圣女欧拉丽继抒咏》，原文为拉丁语 *Sequentia Sanctae Eulaliae*。
2　封建社会里从封建主那里领到的耕地，土地所有权属于封建主。

眼　泪

准备一年一度的圣女欧拉丽庆典和仪式队伍时,献给圣女欧拉丽[1]的拉丁抒情歌被译成了法文(in lingua romana),好让所有参加游行的信徒都能唱出它,不会感到理解歌词含义有困难。他们会走在一只神龛后面,神龛里装着这位巴塞罗那神圣殉道者的骸骨。

这第一首法文诗的文本连同曲调被人们用卡洛林文字记载下来,记在一份毛鹿皮手稿的末尾。

这份手稿的名字由此而来:Liber Pilosus(有毛的书)。

一直到 1837 年,一位学识渊博的人才在瓦朗谢讷图书馆注意到了这二十九句法文诗,誊写时间是 881 年 2 月初,写在一部文集的最后,写在结束文集的那张光秃鹿皮的正面。

Liber Pilosus 一直存在着。

这本书一直在瓦朗谢讷图书馆。

如果眼镜、鼻子、目光凑近那张没有被拔毛的皮,在这本 9 世纪的毛胡子老书上,依然能够强烈地感觉到阿登的森林和冬季狩猎时的黑色血液。

---

[1] 圣女欧拉丽,原文为罗曼语 Sancta Eulalia。

Ⅶ　（圣女欧拉丽继抒咏）

法国文学始于一个非常短暂的生命，只持续了二十九句。

法文的第一个灵魂是一只鸟，而第一句法文诗是用十音节写成的。

3. 圣女欧拉丽的生平

第一句诗是这样的:

有个年轻好姑娘,名叫欧拉丽[1]。

从前,有一天,在耶稣诞生后的 276 年,在巴塞罗那城里,在戴克里先的罗马统治下,欧拉丽出生了。

289 年,罗马元老院要求朱庇特之子戴克里先实施宗教迫害。年轻的姑娘(buona pulcella)被囚禁于朱庇特山的堡垒,因为人们认为她反罗马、反朱庇特、反牺牲,总之她是犹太人,是基督徒。

当她长到十四岁成年时,对她的诉讼在市镇当局面前、在所有人的注视下展开了。那是 290 年,在俯视巴塞罗那的山丘之巅。

---

[1] 有个年轻好姑娘,名叫欧拉丽,原文为罗曼语 Buona pulcella fut Eulalia.

Ⅶ　（圣女欧拉丽继抒咏）

年轻的处女不愿发誓弃绝。

于是马克西米安努斯用一根绳子捆住她的双手，命她用膝盖慢慢走过城市的主干道，从海岸一直到剧场。

她一直用膝盖走上木质台阶，走向竖起的柴堆顶端。

一个罗马百人队长在树枝上点了火，燃烧了木柴。她的衣服烧着了，但是她的肉身却没有——甚至没有噼啪作响。年轻姑娘修长光洁的身体在烈火中赤裸着，完好无损：火焰避开了她的皮肤。

"于是马克西米安努斯下令对欧拉丽实行斩首。"

然而，在头颅落下的瞬间，她的灵魂突然似一只鸟从脖子里飞了出来。

我们语言的第一首诗结束于一个壮美的句子。这就是用我们的语言写就的第一首诗的最后一句：

In figure de colombe volat al ciel.

法语从拉丁语而来，如同孩子从母亲的性器官而来，如同一只鸟从圣女的脖子里飞出来。

眼　泪

In figure de colombe volat al ciel.

拉丁文中的冬天是阴性的。

在加泰罗尼亚人的王国，欧拉丽是老去的冬天，人们在年底砍下她的脖子。随后，人们要走完一段长长的路，围着城墙和各个堂区的田地走上十二圈，最后在海边焚烧她的稻草假人。

冬天死了。

夜里出现了月历年的第一个月亮。

坏日子结束了！

无止无尽的漫漫长夜终结了！

在年老冬天被割下的头颅里，春天在鸟儿的歌唱中到来了。

加泰罗尼亚语写作：dans le cant dell ocells。

年轻牺牲者的骸骨受人敬重，而她美丽的三音节名字在2月12日被唱响，唱响在最后的雾凇中，唱响在最后的冰霜里，唱响在苍白的太阳下。这太阳艰难地浮现在延伸到加泰罗尼亚人光荣之港的海浪上。

Eu-lalia，在古希腊人的语言中，它意为美丽的

Ⅶ　（圣女欧拉丽继抒咏）

言语。

"美丽的言语"来自死去的拉丁语。

"美丽的言语"用希腊语命名了从古代世界而来的法语,像是裂开的贝壳中钻出一只鸟,啁啾鸣叫,在冬日之末,在时间的岸边。

4. 圣-里基耶修道院的火灾

Sequentia Sanctae Eulaliae 由一位修士用鹅毛笔在一张毛鹿皮上翻译成了法语。881 年 2 月 12 日星期三,在圣-阿芒修道院,它转变成了《圣女欧拉丽抒情歌》。

过了几天。

只这场"暴风雨"中的几天便决定了关键时刻。

881 年 2 月底,圣-里基耶修道院落入诺曼底水手的囊中,他们也是冷酷无情的战士。

安吉尔伯特召集的三百位修士中有一百位以上被杀害。图书馆被部分烧毁,但厚厚的皮书没有都在大火中烧光。在没有被火焰吞噬的书本上方,黑黑的房梁冒着烟。修道院里最古老的建筑建于 6 世纪,建筑上的石头坍成了瓦砾,倒成了废墟,倒在献给圣人马

Ⅶ （圣女欧拉丽继抒咏）

库的万力之源上。但是，就在881年2月底的这一天，尼哈存放于此的《历史》一书的手稿遗失了——正如赫拉克利特之作《论自然》在鹿首狄安娜的祭司掌管的以弗所神殿的遭遇一样。只有应辛克马尔要求在兰斯修道院文书室里完成的缮写本留存了下来，他是兰斯教区的主教，尼哈的继任者。

这是一种黑色。

第一本用我们的语言写成的书，也是第一本在我们的语言中被烧毁的书。

因为尼哈一直害怕狼的时间[1]，他担心时间解体，所以他撰写的最美的那四本书，是从日食开始构思的。

---

[1] 狼的时间，原文为德语 Wolfzeit。

5. 连着两座城堡的中堂

有个连着两座城堡的中堂，建有大大的褐色穹顶，架着龙骨，能够离开圣-里基耶屋顶的视野，跟随星辰朝大海而去。

一天夜里，教皇克莱蒙六世做了一个梦。

他一醒来，就要求被葬在一头鹿的皮囊里。他很快就在1352年咽气了，不想在这个世界上逗留片刻。他说自己热切地希望"全速逃离尘世和亲友"。

6. 孩子勒·利梅伊的故事

从前，有一天，老去的弗拉特·卢修斯接受身边有个初学修士，帮助自己打理日常琐事。孩子时年六岁，喜欢音乐。他能用芦笛演绎出真正优美的曲调。他用它模仿鸟儿的歌唱，那是修士在单人间花园里教给他的。他在变换歌曲的时候做了转调。所有鸟儿都会回应他的召唤，它们沉迷于他的敏捷身姿，它们在他的脚下玩耍，它们在他的便鞋附近啄食他吃剩的残渣。

这孩子有一只非凡的耳朵，是一只老乌鸦教了他如何用变音来艺术性地转调。年老的弗拉特·卢修斯借助圣-里基耶托纳曲教他认识音符，把它们记下来。费尼西亚努最后向他倾吐了自己最复杂的保留歌曲。

这孩子名叫利梅鲁斯，但是最年轻的神父们更喜欢叫他勒·利梅伊，他侍奉弗拉特·卢修斯的方方面面。他为他准备饭食。他打扫单人间的地面。他清洗他的衣物。他去食堂为他领来汤和面包。

甚至在复活节时，他会细心擦亮高大的耶稣受难像。这尊像矗立在庭院草地的中央，顶端被人用铁凿子挖了个洞。

费尼西亚努有双灵巧的手，为他用黑色木头制作了一只光彩夺目的笛子，尾部固定了一只象牙箍，做工精巧，与乌鸦的嘴别无二致。

听他重现满天鸟儿的歌唱，是一件无与伦比的事情。

2月的一天夜里，弗拉特·卢修斯起来去诵晨经。他发现孩子在床上死在自己身边，浑身冰凉，死在被子里面。他想叫醒他。

却无济于事。他发白了，死了。

悲痛的弗拉特·卢修斯从单人间的楼梯走下来，去做弥撒。在单人间的厨房里，他在桌子上发现了孩子留下的黑色笛子。他把笛子放进了箱子里。

Ⅶ　（圣女欧拉丽继抒咏）

到了复活节，弗拉特·卢修斯前去耶稣受难石像那里祷告。他看到在花岗岩底座上有一只黑色的乌鸦，嘴巴有一点泛白，它正在清理石头。他感动得想哭。他强忍住泪水，对它说：

"你真是高尚啊，小乌鸦，你做的活儿从前都是勒·利梅伊做的！"

"好好看看，我是一只乌鸦，还是如您所说，我是一个小男孩，卢修斯神父！"

弗拉特·卢修斯首先想到的是，那个绰号叫作勒·利梅伊的孩子利梅鲁斯回来了，但是，细细看过那只鸟儿，他发现它的嘴上布落着白色斑点。他走上前去，把它捧在手里，看着它的眼睛，跪了下来，漆黑的小乌鸦在他的手掌里颤抖：他认出了自己死去的小猫。他黑乎乎的小猫回来了，它变成了乌鸦。只是小猫黑色带白的扁嘴巴变成了长长的鸟喙，图案是一模一样的；也许有一点不那么白，也许有一点黄，至少斑点是象牙色的。乌鸦展现了一种闻所未闻的美乐，是圣歌或抒情曲或回旋曲。有时候，弗拉特·卢修斯陷进了它温柔精妙的歌声，甚至没有听到远处的雨格在修道院钟楼上敲响的晚饭的钟声。

7. 一只乌鸦的来源

弗拉特·卢修斯对旅行归来的哈尼说：

"您知道，有些事情是奇怪的。我爱的那只黑色小猫，您的父亲曾在我的墙上抹去了它的面孔，它回来了，像一只梅洛黑葡萄。它的嘴不像寻常乌鸦那样黄。和所有公乌鸦一样，它是一只黑乎乎的乌鸦；它有一只稀罕的嘴，带有泛白的斑点。但它会发出乌鸦独有的鸣叫。它唱歌时，也会像我爱着的一个初学小修士那样转调，小修士会用笛子吹奏歌曲，在修道院里，大家叫他勒·利梅伊。它唱着奇妙之事，每当我听到这些歌，就会想起令自己心潮澎湃的回忆。"

每一年，在耶稣受难三天的前夜，弗拉特·卢修斯都会去耶稣受难像那里，跪下来，双手合十，看着

Ⅶ　（圣女欧拉丽继抒咏）

清理十字架的乌鸦。

它用嘴尖除去灰尘。

它一小段一小段地拔去侵占了石头缝的苔藓和小地衣。

乌鸦耐心地重现着上帝的青春面庞。

乌鸦死后，镇上和圣-里基耶修道院周围小村的居民，来自芦苇地的渔夫，从港口上岸的水手，农民，甚至是在磨坊、矿场、打铁铺、麦芽作坊、压榨车间、铸币厂、造砖厂、建墙工地劳作的农奴，都络绎不绝地来到耶稣受难像这里，代替鸟儿轮流刮擦耶稣的面庞。

被处以磔刑的上帝之像，由于多次保养，变得和水源的大理石一样光滑、亮泽。

在费尼西亚努死后的那个复活节，弗拉特·卢修斯庄重地把费尼西亚努制作的笛子献给了上帝。他为孩子利梅鲁斯做了祷告。他把安有象牙箍的黑色笛子安置在基督的脚边，把它列于演奏耶稣受难曲的乐器之中。

8. 壳状地衣

壳状地衣喜欢被太阳的火热烤碎的岩石。它们不完全是苔藓。它们也不是灰尘。它们处于苔藓和灰尘之间,覆盖着干枯的头颅,可能是死去的动物,也可能是被遗弃在荒漠里的死去的战士。

它们尤其喜欢盖住圣人坟墓的石头,这些圣人是被罗马人处死的。罗马人在角斗场里拷打他们,在所有人面前让野兽吞食他们,以此庆祝献给巴克斯的春季盛典,希腊人也称此神为狄俄尼索斯,在卢泰西亚被称作丢尼修。

金色地衣亲密地贴着那些光滑的石头,它们高居在爱尔兰、布列塔尼、庇卡底的耶稣受难像上。那里竖着十字架,主像一个农奴在痛苦中遭受杀害,又像一头野猪被长矛刺穿肋部。

Ⅶ　（圣女欧拉丽继抒咏）

它们喜欢自己在舔舐或吞食的上帝之颅。

它们喜欢围住支撑滑轮和铁水桶上绳子的石头弓架。

生活赋予每个人超越自我的角色，在这个角色里，人们甚至不能去死。

成千上万种地衣产生于一种联合，甚至是一种行会，由一种藻类和一种菌类协商而成。这不是一次如胶似漆的交缠，也不是一场缔结的婚姻。这不是年老的腓利门和弗里吉亚的圣女博西斯在无休止地相互缠绕，他们像常春藤的细枝和葡萄的枝杈在网格上打结。这是一种更为谨慎的共生关系，两种有机体不会彼此融合。我想起一些成对的存在（藻类和菌类，从前和现在，绿色和红色，海洋和阳光），它们喜欢在独处时享受性爱。它们的快乐更真实，因为它们完全了解个中历程，而且它们的形态依然能够完全彼此有别。它们只共享餐食，甚至在此时产生了一种对话、快乐、接触、交流。藻类喂养了菌类，菌类吸收水分又传给

眼　　泪

藻类，而藻类又细细地柔和了吸收到的阳光。它们生长得慢而缓。它们每年向前迈出一个毫米。它们在欲望中期待的那些阶段是美妙的。它们的生命几乎是无止境的存在，数以千年，不同于大地上的人们，或是唱歌的孩子，或是被人残忍置死的黑色小猫，或是某个上午瘫倒在水面的蜉蝣。它们有助于测量古老的时间，人们对此焦虑不安，因为这种时间始于一个不可感知的时期，而那时他们还没有在大地上出现。野兔啃食它们，驯鹿吃着它们。鸟儿用它们筑巢。地衣造就了荒原，那里有小蜗牛在爬，它们个个都是法兰克小骑兵，穿着卷曲的淡褐色铠甲，侵占世界，又缩在了铠甲里。大海诞生自它们的黏液。

9. 黑色枯木上的盘菌

他们突然说道:"停下!"

他们松开缰绳,像是只有蜗牛会在苔藓和越橘树上停下一般。

他们在盘菌的绝妙红色盘面下休息,它们撑起来,似是黑色枯木上的阳伞。

VIII

（伊甸园书）

1. 夏娃的花园

从前,在一棵树下发生了一段对话。它被记在所有书籍中最古老的那一本里。那发生在天堂。夏娃指着挂在树枝末端的一只诱人的彩色圆果子。一条蛇对她说了话。她摘下那只占满手掌的果子。那是在冬天。这就是世界的历史。

现在来看看我们历史的开端。

有一座山上满是经久不化的积雪。有一棵松树。有一匹死去的马,一把削铁如泥的剑,一只发不出声响的号角。

一个在此山里孤独死去的男子。

2. 奥伊塞尔岛

来自北方的水手们打造了令人闻风丧胆的舰船，称之为克内里尔或是德拉卡尔，他们热爱索姆与荣纳的河谷。

洛德布罗克说："在那里生活的是法兰克人。他们胆小、懦弱、酗酒、慷慨。圣-里基耶和圣-日耳曼的建筑里满是黄金。也许在塞纳河上挨着鲁昂的奥伊塞尔岛就是天堂。"

858年，诺曼底人夺取了献给圣人丢尼修的皇家大教堂，他们在那里把院长神父押为人质，他叫路易，是尼哈的表兄弟[1]，为秃头查理履行司法大臣的职责。缴纳给维京首领的赎金是688斤金币和3250斤银币。

---

1 路易为查理曼之女罗特鲁德的非婚生子。

886年，胖子查理给诺曼底人700斤银币，想让他们绕过巴黎去掠夺桑斯和韦兹莱，放过卢泰西亚和过去由尤利安皇帝用围墙保护的老宫殿。

911年，在艾普特河岸边的圣-克莱尔，查理三世让女儿和罗林（罗尔福）联姻。他把海边的土地都让给了罗林，从比利时高卢一直到布列塔尼省界。这一富庶而美丽的长条状海滨之地，不再叫作海滨弗朗西，这里曾经由安吉尔伯特统治，从此被称为诺曼底人的土地，或是诺曼底。

3. 大海

在康村,远远地,在把船锚扔到远离海湾口的诺曼底人船舰周围,在大海被沙子淤塞的尽头,在撒克逊人和爱尔兰人桶状平底船的那边,在一点点坠入黑暗的风里,海浪在开启的夜幕中前行。如果远离港口,如果在身后留下被挖深的小湾和财产[1],如果看不见浮桥,如果为了藏起财宝或在指间欢愉,走进芦苇地,周围是芦苇丛和躲藏的一群鸟儿,便会察觉到,在大海光亮表面上依然微微发光的黑暗里,泡沫的白色浪尖正在升起。

它们发出一种声响,在宁静的夜晚中似乎愈发宽广。

---

1 财产,原文为西班牙语 habers。

不知海水这种洪大的声响在对谁说话，海水侵占着陆地，陆地在很久以前的某一天借着火的力量升高，处在海水上方，被它无止无休地腐蚀着。

不知大海的这声叫喊意味着什么，它永无止境地在朝着一个我们根本看不见的空间叫喊。这空间那么遥远，远在耳朵出现之前，远在生命本身在这个星球上诞生之前，诞生在即便不均质但也算唯一的大海里。大海孕育着生命，生命诞生在它各处神秘水域的深处。

月亮是否吸引着朝自己涌起又朝自身微光咆哮的大海？

从前有那么多声音，之后耳郭才出现在脸庞边缘，被戳破、被打开，为什么会这样？

大海不断地回涌向陆地，在此间，说着话的在弯曲，前进着的在滚动，任凭谁都永远无法去阻止。这运动不停地重生、哭泣，我们能够想象出它，而谁又知晓它意味着什么？

萨尔即兴创作了这首诗：
哦，这轰隆的声音，

眼　泪

晦涩难懂，更胜星辰核心那黑暗至极的天空之夜，

它震聋了听觉，乃至剖开肚皮，用焦虑去填满，只要人们凝神去听连续超过一个小时，

双脚浸在它的泡沫里，臀部埋在它的沙子里，

它浓稠了黑色的内部夜晚，像酸涩的盐，或似销蚀的酸，

一旦耳朵奉上自己、迷恋于它，它便取走头颅攥紧心脏，

回响在头颅昏昏暗暗的内部，黏黏糊糊、令人惬意的人类大脑在那里退化，

它甚至吞没了我们自己的一部分，吞进贝壳里，贝壳碎裂在浪潮之尖，

浪潮拍打着这部分身体，把它推进柔软灵活的海藻里，海藻扭曲着，彼此缠绕，把贝壳磨尖磨细，

它们是褐色的，像又长又黏的阳器，浸泡在自身分泌的精液里，

它们是黑暗的黑色，墨鱼喷出的黑色，为在海渊之底存活将自己隐藏，躲开那些威胁自己、因欲望而靠近自己的眼睛。

Ⅷ　（伊甸园书）

哦，这声音像母亲一样无止无休地嘟哝着，
就那样一动不动，几近虚弱，
甚至，有时候，忧从中出！
人们在你面前不得不跪下。
膝盖上的骨头碰到了潮湿的沙子，陷了进去。
人们立刻在泡沫的小浪尖上垂下头。
人们的鼻子和脸庞都浸在了露珠和白色的盐里，
心脏其实颤抖在海岸组成的泛白之弓下，
颤抖在胸口处冷得从皮肤里冒出来的两个深褐色小点之下，
心脏听到它的叫喊后害怕了，那叫喊既不存在亦不明朗，就在海洋岸边，
在风中降低姿态，
在大海发作时的喧嚣重压下低沉，
像是大海吼叫时双耳失聪了。

臀沟冻住了，肛门缩了进去，脚后跟被埋了起来，
脚趾间满是沙子，

眼　泪

　　渺小的灵魂，被压得透不过气，

　　孤独得像是在山间、在雪地里的布列塔尼总督，

　　意志薄弱，

　　虚脱的上半身，面对着古老波浪的边缘，波浪涌起，越来越近，

　　刚一抵达，便又退去，

　　再回来时，愈发宽厚，愈发猛烈，愈发诅咒责骂，

　　一同回来的还有鲨鱼的蓝色，突然呈现在乌鸦的黑色之上，

　　恰如松鸦身上阴暗羽毛顶端的飞羽。

4. 阴郁的山谷[1]

兄弟们，太阳熄灭了。

太阳照亮了城市、我们的面庞、马儿、舰船、城门、大海，它已然来到了终场。

它曾经在自然界上发光，也将在构成地壳的山峦和大陆上继续，但不会再放出那么多光芒了。

从前由它诞生的星系已经散开。

偶然在其中成为可能的生命开始消亡，那些伟大的文明竭尽所能地展开自我毁灭，

用它们掌握的方式，

并调整方式，

整合方式，

---

[1] 阴郁的山谷，原文为古法语 Li val tenebrus。

眼　泪

增加方式。

谁都再也不会理解曾经所是的

大海，

生命，

自然，

动物。

但是听！

在黄昏的寂静里听着！

在最彻底的寂静里竖耳倾听。

人们称为地球的星球发出一阵轰隆，时至今日依然无法解释。

有种频率很低的歌声，它从未停止，人们也几乎听不到，在它的源头有黑得彻底的波浪。

大海在海渊高原的坡底来来回回，

在大陆斜坡上反射的瞬间，

歌唱着。

5. 卢修斯神父消失了

人们不知道弗拉特·卢修斯的结局是什么。他消失了。圣-里基耶修道院的记载簿里写道,卢修斯修士在森林里失踪了。他被野兽吞吃了吗?被母熊剖膛开肚了吗?被狼咬断了喉咙吗?他逃跑了吗?因为他极度憎恶那位名叫安吉尔伯特的海滨弗朗西公爵,还是因为他遭到了公爵幽灵的追捕?在人们记住的关于他的最后一些事情中,有一件是一位年老的捕鸟者所说的一句话。在最后的日子里,神父曾在单人间里教过他认字:

"在晚年,弗拉特·卢修斯确信,不爱猫的人都憎恶自由,没有例外。"

6. 母亲的碎块

在阿尔萨斯圆顶山和特瑞堡山的南方,也就是在阿登原始森林的那一边,生活着一个天生拥有双重视觉、名叫萨尔的女人。

她出生在罗马时期,母亲是尤斯洛度纳,人们也叫她拉卢比。她企图回到最古老的地下墓室、最古老的洞窟、最古老的源泉和最古老的悬崖峡谷。

她们两个都没有离开过她出生的地方。

甚至也许拉卢比就是萨尔。

人们说,她有过哈尼的爱,那时他还很年轻,虽然她比他年长得多。但在欲望面前,年龄何足挂齿?他在她的缝隙里觅得了无尽的快乐,可是她失去了眼睛。

仙女萨尔,拥有预言的天赋。她向来洞察力非凡。

她说：

"在我们的内眼角里，有一块粉红色的小碎片，像一张褶皱的皮。有谁知道为什么原初把它推到了眼睛的角落里？又有谁能知道为什么原初把它幽禁在那里，受点折磨？我这就告诉你们，眼睛的角落里缘何会有这一小块粉红色的肉，女人男人皆是如此。这源于原初自身的父亲，也就是执掌太阳的神——卡拉苏（乌鸦），它统治着深夜的黑暗。在人类出现之前，鸟儿们就长有半透明的乳白色第二眼睑，那一小块粉红色的肉就是这第二眼睑的残留。"

这第二眼睑是梦的眼睑。

它会清理、湿润正在努力去看的眼球，以此调整人们想看到的欲望。

在大乌鸦之子的身上，也就是在人类身上，它萎缩着，直至变成这块小小的肉体包皮，一直坚挺在他们目光的侧旁，和他们孩子肚皮下的包皮一样，都是为了庇护自己的源头。

泪水在那里堵住了。

从鸟类而来的远古人类，称之为"母亲的碎块。"

眼　泪

"尼察特。"母亲碎片的预言者认定是它。

"它'眨着眼睛'。"

"它掠夺得多,宽恕得少。"

"它表示同意。"

"它也许哭得多,享乐得少。"

"人们能区分开享乐和哭泣吗?"

"它为尼哈哭泣,因为自他的头颅被剑劈开,自他在大西洋的波涛中头朝下地倒下去,已经过去了数度春秋,可他的孪生兄弟却从未去看过他!"

7. 哈尼听见了死者的笑声

877年底,哈尼已经年逾七十九岁。那时,法兰克的最后一位皇帝秃头查理在一个连窗户洞都没有的牧羊人破窝棚里呼出了最后一口气。在10月之主圣-雷米节日这天,哈尼感到自己将不久于人世,便把近亲叫到床边。他对他们说:

"我要死了。"

他们回应道:

"我们发现了。"

"为什么你们会这么说?"

"从你的脸上看出来的,哈尼。"

"不!光看我的年纪就知道了。我快八十岁了,而且一点头发都没了!"

"你弄错状况了,哈尼!原因不在于你上了年纪。

眼　泪

我们也不是因为见你没了头发就认为你快死了！是从你的相貌上看出来的。"

"我的孪生弟弟死了整整三十三年了。"

"是啊，他死在海湾，人们把他从水里拖了出来，在他身上抹了盐，把他抬到马车的木板上，让他躺在石板下。而现在，他安息在本是给你们父亲准备的第一个石棺里，就用他的红色襟带盖着，在天上群星的正下方！可是还有，虽然你会纪念先出生的弟弟尼哈之死，但这也不会把你的嘴唇卷进你的嘴巴里，人们也不会因此清楚地看到你要死了。"

哈尼低下头，没有回答一个字。

"是你的眼睛，哈尼，是它告诉我们你已经死了！看看你的眼睛凹陷成什么样了。你想让人拿来镜子看看吗？"

他用脑袋示意不要。随后哈尼低声说道：

"不，我不需要你们拿来镜子让我看看自己是怎么死的。我的身体几乎空了，这是真的。可我的灵魂在遭受折磨，这也是真的。"

"那就停止呼吸吧。一个一只脚已经踏进另一个世界的人，还要遭受死亡这般折磨，这可不寻常。"

"你们真是什么也不懂！"他激烈地反驳他们，"我发现你们不知道发生了什么。折磨我的，不是我要死了这件事。"

"那就明确告诉我们你为什么如此烦恼，也许我们能帮帮你，如果你需要的话。"

"折磨我的事情难以表述，因为它来自死者的世界，而不是我的世界。"

"所以是因为你在内心深处感到了死亡。"

"不，不是我的死亡，而是我必须去相会的死者。死者已经死去了。跟我说话的是老去的死者。"

"尼哈？"

"不，在死者世界尽头对我说话的不是尼哈。我的兄弟从未让我忍受痛苦。我的兄弟总是走在我前面。在我出生前，他就在我前面了！他保护着我。他爱着我。我这么躲着他，因为他满满的爱令我窒息！"

"那是什么在纠缠你呢？"

"我很熟的那些死者对我紧追不舍，而我不怎么爱的死者对我穷追叮咬。前者对我紧追不舍，像夜里的母马。蹄子的声响在我的后背回荡,我去哪里都会追着。后者对我穷追叮咬,像白天追牲口的虻。像一只苍蝇围着我的脸打转,在我的胡子里搜寻,不停地想扎我的眼睛边缘或是钻进鼻孔里。"

哈尼和尼哈的两个侄女笑疯了。

她们坐在正在死去的哈尼的床上。

哈尼继续说道:

"这两种死者在质问我。我不知道如何回答他们的质问。为什么我没有前往索姆海滨出现在兄弟尼哈的身边?为什么我没有跟随总管大臣亚达尔海德在丰特努瓦森林战斗?为什么我没有像外祖父查理大帝那样去罗马,去看看在废墟里吃草的母羊,还有古人那七座山丘上蓝蓝的橄榄树?为什么我没有在弗拉米尼亚大道上列队操演?为什么我没有在和平祭坛前签字?死者们一个劲地在问为什么、为什么、为什么!"

"你没明白,死者们在嘲笑你,哈尼!他们在对你进行迟到的指责!当然了,你不是查理大帝!你是不被他承认的外孙,他只有想起你母亲时才会对你有好感,而你活到了虔诚者路易当政!你爱过艾门,他女儿的女儿！你没有必要因为他们讲的事情而痛苦。"

"可你们还是什么都没懂！其实他们能够给我带来什么名望，这无关紧要！但是他们死了——这就是折磨我的事情：只有我，我哈尼，我记得他们。只有我，我记得他们。我又看见他们了。我又看见了他们的脸。现在只有我一个人认得他们的脸。我甚至又看见了他们的姿态。我又看见了他们手上的动作，如何挺起上半身，听我说话时如何拱脖子。然后突然，他们转过身来对着我，骤然看着我，没有什么原因。他们不理解我做的事情。他们瞪大了眼睛，问我，为什么没有和他们在一起？为什么我没有和他们一起去死？我离他们这么远，做了些什么？为什么我懒洋洋地躺在生者的世界里？"

"可你爱过他们，哈尼！你没有忘记他们！你没有背叛他们！你睡过很多身材丰满、美丽动人的女人，而你没有在她们的不幸上雪上加霜。他们那样说话，是出于嫉妒、迫切、愤怒，想一点一点毁掉你的幸福。"

"朋友们，我的思想并不单纯。我很清楚，死者们的影子在嘲笑我。我在他们脸上看清了他们对我使的诡计。也不是因为这个我才忧郁的，我在寻找答案。"

"那是什么在折磨你，哈尼？"

"让我痛苦的，是他们当中一个年老的死者，她年纪太大了，我眼睛不好，看不清她脸上的线条，也不记得她的名字了。在这个纠缠我的人群里，这位老妇人走过来，紧紧地靠着我，紧紧地靠着我的嘴，她贴着我的皮肤和我抿起的嘴唇，抻抻我下巴上的褶皱，拉平我的皱纹，轻轻地问我：为什么你不怎么像哈尼？为什么你像小狗似的跟着其他人？为什么你总是像猴子似的模仿其他人？像剧场里的滑稽演员？像镜子般的水面上的倒影？像影子一样追着前进的脚步？"

"那是艾门，艾门的女儿吗？"

"不，不是艾门。"

"是的，是艾门。为什么要对我们撒谎？艾门说了什么？"

"如果你们一定要坚持的话，那就是艾门，艾门的女儿吧！她比以前更美了。但不是她在质问：'为什么你不怎么像哈尼？'阿丽拉王后在格兰达洛宫殿中用石头和黄杨建成的精美迷宫里统治。但向我提出这个问题的不是阿丽拉。也不是蒂兰在恳求。不是玛克尔在叫喊。向我发出这些指责的不是龚达陇的艾米利亚，她在万水之约，那么年轻，那么胆怯。责令我回答的不是拜占庭的欧朵西，她在面朝赤裸跳水者之岛的金角湾。甚至不是利姆尼，不是在利姆尼平原！在我眼中，她一直都是二十岁，可我，我，我，我老了！我，我七十九岁了，而两百岁的老妇人对我说：'人们总是说尼哈，从来没有说过你！为什么你收集了他们的礼物，像妓女在凉鞋皮下藏着赎身钱？为什么你没有死，可你在所有时间里都活得像个死人？为什么你不怎么像哈尼？为什么你跟随王子们的善行，像一只身上满是厚厚白毛的绵羊，不愿错过一根三叶草、一枝蒲公英、一根燕麦、一棵欧石楠？为什么你闭上了眼睛，对于主教、公爵、皇帝和埃米尔的恶行，像是一个没有勇气的人？'事情是这样的：这个那么年轻、那么年老，那么美丽、那么松弛，那么鲜嫩、那么干瘪，那么神圣、那么肮脏的女人，她让我感到羞愧，她没错！"

哈尼低下头，开始啜泣。

他接着说：

"在某些梦境里，还要更糟糕。我突然害怕她在我睡着时用脚踢开我的被子，我在期待她用手掌扇我并对我说：'走吧，哈尼！我不可能再为你敞开大腿。你的存在轻飘飘的，我感觉不到你一直来到我的深处。真的，我觉得你不够，哈尼，不够让我渴望再次把你拥在怀里，把你粗糙的脸颊紧紧地贴在我老去的胸口，像一个自己爱着、为他骄傲的男人！'"

"可究竟谁是这个残酷的年老死者？"

"是我爱的第一个女人。你们不认识她。"

他哭了。

他把脸转向床的另一侧。

于是亲人们开始为哈尼祈祷，他正在死去，重新看见了令自己第一次感到爱情的女人的面孔。

（他们私下说："是他母亲吗？""不，不是贝尔塔。贝尔特一直和皇帝在亚琛。甚至，她更喜欢卡尔而不是安吉尔伯特！""那是艾门吗？""毋庸置疑。"侄女们说道。"可他们从来没有睡在一起！""相爱未必就要睡在一起！"佺女们提醒众人。没有人会认为是生活在格兰达洛的阿丽拉，或是拜占庭的欧朵西，或是锡拉库萨的安塞尔梅，她在西西里岛，面对着由阿拉伯人重建和美化的迦太基港口。他最好的朋友们说："是萨尔，她是索姆湾的萨满。他一直相信如果自己能对她诉说爱意，她就会嫁给自己。""可是她比他大一千多岁啊！""这不重要，他爱的是她。在森林里没有年岁。在老虎那里没有贫穷。在狼群那里没有奢侈。在野兽那里没有炫耀。只有和她在一起，他才是幸福的。"）

IX

(诗人维吉尔书)

1. 维吉尔

维吉尔在《埃涅阿斯纪》第 6 卷第 179 段中写道：人们朝着从前就已失去的古老森林走去，从聚集起来去猎杀的那刻起就失去了。他们模仿蜂群和猎犬群，备下陷阱，支起渔网，在死者身上堆石头，召集军队打打杀杀，建造国家，竖立想象的、文字的、模糊的、冷酷的、可怕的界标。

拉丁文写作：Itur in antiquam silvam[1]。

法兰克人行走着，沿着莱茵河，沿着马斯河，沿着摩泽尔河，沿着索姆河，沿着塞纳河，沿着荣纳河，沿着卢瓦尔河，沿着加龙河。

人们走着，朝向在母亲黑色肚子里听到的叫喊，

---

[1] 意为"走进古老的森林"。

眼　泪

直到那一天，开始站立、蹒跚行走，朝向释义为温柔的微笑，朝向有着彩色嘴唇的美丽面庞，这嘴唇变成了诱饵，在空洞的长发下，在空洞的大裙袍上，变成了奇怪、神奇的文字，令人神魂颠倒。

人们走向鸟儿们——令它们迷失在音乐里。

Itur，人们在走。

Fletur，人们在哭。

在哪里？在这片早于人类世界的森林里，只留有四散的壮丽遗迹，它们是万物中最美的，

是山上的斜坡，

是大海的岸边，

是沙子一边移动一边唱着芦苇和沙丘的歌谣，

是河流的岸边和花朵、黄水仙、蔷薇、榛子树、柳树，

是充满欲望的身体，轻轻脱去衣衫，躲在隔板背后，或在山洞的影子里，或在房间的人造阴暗里。他们一个接一个地关上了大大的圆木百叶窗。

之后，人们打开百叶窗的扇叶。人们打开窗户。

IX （诗人维吉尔书）

人们拔去门闩，门外便是荒野。

人们朝窗外探着头。人们向前移动脚步。人们跨过门槛。人们走了出去，朝向不计其数、五颜六色的苔藓和地衣，

朝向林下灌木丛里的蘑菇菌盖，它们一个比一个艳丽、鼓囊、毒烈，散发着诱人的浓厚香气，

朝向黎明，它闪亮耀眼，胜过水晶、云母、玉石、黄金、绿松石、乳白石、珍珠，

还有人们溶在绘画里的深色、反光、闪耀、美妙的色调。

童年的眼泪，这就够了。

万物的眼泪[1]。

从天空落下的微粒是万物的眼泪。

因此维吉尔写道，在地球上无与伦比的风貌和景色终将变成痛苦的眼泪，它们像手指一样触碰了灵魂，而人们知道永远都见不到它们了。

---

[1] 万物的眼泪，原文为拉丁语 Lacrimae rerum。

2.库迈的鸟栏

　　博学的瓦罗特意解释了为什么自己让人在位于库迈的别墅里造了私人图书馆,挨着一只巨大的鸟栏:"为了让进入鸟儿体内的灵魂离开死者的书籍,飞过书上的尘土,落下脚,获得幸福。"

3. 经桌旁的圣徒约翰

从前，有一天，查理大帝希望女儿在前往拜占庭之前学习希腊语。他那时把罗特鲁德公主许配给了君士坦丁王子，也就是摄政女皇伊琳娜的儿子。女王住在世界上最迷人的宫殿里，傲视亚洲。罗特鲁德公主跟着弗拉特·卢修斯在圣-里基耶皇家修道院里学会使用希腊语后，她想用法语（in lingua romana）翻译用希腊语（in lingua graeca）写成的一个文本。在弥撒常规经中，在人们从此称为"法语"的法兰克人语言里，它被称为《约翰福音》。

Linguae cessabunt. 语言终将不再。这是使徒保罗记载的，记载了她如何开始打算翻译约翰的序言。

从前，在开始的时候，言语并不存在。尚且没有人类。所有动物都是野兽，而人类也是野兽。它们当

眼　泪

中捕食能力最强的还没有被命名，但人们后来称之为神灵的，正是这些生物，也就是猫科与猛禽。马儿们则是王子，高大的鹿是公爵，但是它们更接近人类，因为有相似的美和形似的阳器。他们也会为鹰和狮子说情。语言不在场的时候，梦境的图像混合着欲望的声音，这些欲望利用了经常性的空洞，这些空洞由饥饿和孤独挖凿出来，随后任意在体内扩张，直到使之疯狂。这些被失望拔除的呻吟，以及因满足之乐发出的隆隆声，它们被反复构造，不仅成了这些野兽嘴唇上的诱鸟笛，而且在它们满是鲜血和细碎小块肌肉的獠牙之间低声讲述着什么。

　　这些发出声响的幻影从母亲传给孩子。言语拆解了一种混淆，它难以察觉，因为它混杂着过于明确的感觉、明显的缺失，陷入一种无止无休的警戒。但是，在每一场出生中，自打那鲜活的小野兽离开阴暗，从女人紧紧的性器官中钻出、来到空气中，光亮就不能够将它完全吸收。光亮试图把新生儿留在自己的光明中、留在阳光的眩晕里，却白费心思，因为在每个人身上都开始产生对阴暗的怀念。原因简单明了：当身体生活在阴暗里时,呼吸并不存在,从来没有任何一种噪音会欢迎白昼。因此所有人,他们都来自这个存在于光亮之前的阴暗,突然出现在光亮中,在离开阴暗后呼唤着它。他们曾在那里幸福地生活着,一直得到满足,模糊不清、不可见,紧凑着、折叠着,简直是胖胖的、浓厚的。他们来自这个阴暗和这个寂静,所有人(他们都出现在这片水上,他们曾在那里度过一段生命,既孤独又像鱼,既像鱼又寂静)都一样,为的是见证阴暗、崇敬孤独、热爱寂静,为了让所有人在未来能记得在光亮之前的世界是何种模样。

这些人不是阴暗,他们来自阴暗。

寂静包围着他们,有时候像一种光晕,在暴风雨的云层周围流转,

或是像一种圣人面庞周围的光环,

或是像一种神灵头发周围的金环,

或是像一种山峦顶峰周围的透光云彩,

它的源头在那另一个世界,那里没有光亮,没有空洞,流动而持久。这就是为什么先前的寂静不能毫发无损地转移到这个光亮的世界里。

因为光亮不欢迎阴暗,它照亮着它。

更何况,光亮射出光明,根除了阴暗。

同样,说着话的人从来都不欢迎寂静,他们打断了它。

4. 页面

然而，如果有可能，这些人中有一部分就会显得更奇怪。因为他们离开了教育自己的集体，离开了把自身语言教给他们、尝试驯化他们身上野蛮行径的母亲。他们，他们固执地留在寂静里，他们一直待在阴暗里。他们像脱离了悬崖的石头，突然掉到沙滩上。随即，寂静在石头周围重组起来，但是呈现在视觉面前的完全是另外一副面孔：被侵蚀了、被开凿了、被挖孔了、被丢弃了。他们挣脱集体，他们缩在悬崖的影子里，悬崖将影子或是投在底部，或是投在裂缝里。

他们不沉思。

他们不歌唱。

他们不说话。

他们书写，在小块树皮的背后，在破陶瓷的碎块

眼　泪

上，在淹入水中的树木上，在树叶的正面上，只要树叶大到可以让符号排成行。甚至写在石头上，先把它们打磨很久，再刻下不会对多数人解释的小图案。甚至写在骨头上，他们刮去了骨头上所有的肉，磨光之后，用简化的方式绘出阴暗世界图像的轮廓。在那里，他们的梦境已初现轮廓，令他们幸福地留在寂静里，在寂静里，他们看见了这些梦。突然，他们走进了像母亲凹形性器官的洞窟，于是，他们用自己的爪子和碎石头切开遍布黑暗又寂静的穹顶的方解石。他们描绘自己的形象时，用的是木制火把，火把在他们眼前冒着烟，让他们流下了眼泪。这个"因他们眼前的一团火焰而亮堂起来的内部"，构成了他们所说的一"页"。这就是"页面"。拉丁文写作（In lingua latina）："pagi"。罗曼语写作（In lingua romana）："pays"。

5. 马

在卡洛曼时代，在索姆河边，领主们在页面的陪伴下前行。

而他们的书籍就是马。

书，也可以是牛，拉着盖有皮张的车辆，为女眷们遮雨避寒。

人们也书写在鹿的身上，对不去刮擦鹿皮并不介意，为的是保留气味和毛发。

在远方，在亚洲山脉的那边，在雾蒙蒙的青色之乡，有位隐者名叫老子，他来到中国边境时，抓住驮着自己的那头牛的前胸，把它折成四折，塞进衣袍的口袋里。就这样，他一级级地爬上了高高的台阶，翻过了长城，前往印度。

从前，远在有中华帝国之前，远在古人们隐居在西伯利亚之前，或是在他们幽居在日本漂浮的小岛上之前，岩壁上便绘有了野牛。

甚至在牛、马和原牛之前，就已经存在长有绝妙犄角的鹿。

犄角上树枝般的鹿角从何而来？

森林沿边的高卢各区（pagus）从何而来？

林中空地上敞开的页面（pages）从何而来？

岸边的风景（pays）从何而来？

眼睛追随的线条从何而来？

地平线是一种虚构，真实并不了解。

地平线是一条想象的线，在人们目力所及之处弯嵌进去。

在这条凭空想出的线上，人类彻底语言化的灵魂书写着自己的出发。

手，只会在页面上跟随一条在真实中任何地方都不存在的线。

依然是这条线，布满了天空，鸟儿在上面栖息，世界在那里停止。

IX　（诗人维吉尔书）

那么，人们为什么用鸟儿的羽毛书写？

在光亮之岸上（in luminis oras），一切都是如此奇怪。一个自左向右的动作在注视者眼中赋予太阳本身以活力。但是，对于天体的运动而言，黎明总是在它的右侧，是它的出生。圣徒保罗的弟子中有一个是亚略巴古的丢尼修，这位圣人口中的东方就是这里。它左侧的黄昏是它的根基，甚或是它的退隐之所。法兰克人的老母狼所指的世界西方就是这里。而且人们正是在那里死去。将他们联结的天体和形象总是出现在东方，从夜晚的尽头而来。也就是说，在观察者的左手边，它们升了起来。在伸出手掌的屈膝人的右手边，在太阳下沉、慢慢落进绯红幽暗的那一边，它们消失了。

这就是为什么632年在塞维利亚，塞维利亚的依西多禄用右手在《根源》里写道，页面（pagina）是一种风景（pagus），但是阅读它的身体之地是一种"黑色的圣人光环"。

6. 死于卢瓦尔河

849年,赖歇瑙的修道院院长、作家瓦拉弗里德在经过卢瓦尔河的一处浅滩时,钻进了一个水洞。他像陀螺一样被漩涡卷走,不得呼吸,死了。

7. 天空

　　天空在星空亮起的瞬间展现了自己的"球状"外表，那只是一个虚构，创造了它的目光抬起来，望向旋转着的闪烁光亮。

　　索姆的萨尔即兴创作了这首诗：
在晚上，在每天晚上，有种东西越来越圆，
既不是蓝色也不是栗色也不是黑色，
像一个昏暗的圆圈，后被夜晚研碎，
像一道穹顶或一张弯弓，盖住下方不断地——无止无尽地——流过的河水，
蝙蝠听着翼膜在双臂下展开，又用脚趾去拉伸，
它们形似灰色的小屋顶，朝四处飞去，
收起柔软爪子的猫儿们蜷成一团，把肉垫子反过

眼　泪

来，塞到肚子上柔柔的皮毛下面，

至于鸟儿，它们不作声地收起翅膀，裹着圆滚滚的小肚皮，准备暖暖和和地过夜，

房子的屋顶光泽不再，上面的瓦片接连坍塌、弯曲，

一直伸到岸边、停在岸边的草地鼓了起来、弯了起来，

不再颤抖的竹子突然向前耷拉着脑袋，

生了虫的桌子上，木头已经磨损、膨胀了、起毛了，像一条旧旧的绒裤子在大腿上退去，

锈迹变成褐色的铁椅子塌陷在自己圆圆的影子里，

长椅子和它的布艺变沉了、凹陷了，

半开半合的书本，

鼓起页面，手指就要将它翻过，

我。

8. 济韦港口

猛然，一下子，我走进了愈发浓厚的薄雾里。我突然放慢脚步，走在结了冰、似棉絮一般的奇怪东西上。我看不清。我在沿着水边的矮林里走得很慢。我来到浮现在荣纳河上的驳船旁，它们在干涸的斜坡上被吊了起来，以待修理。至少，在多少已被污染的黄色昏暗薄雾里，我看到了乱糟糟的潮湿灯笼在摇晃。

我经过济韦港口。

我胆怯地远离着水，竖起耳朵听着它发出的声响。

我带着装有书本的包，一步一步，谨慎地奔走在光滑的灰色石板上，沿着小港堤岸的石板三天两头便被洪水和雨水冲散。

我使劲儿跨上坚固的桥，用手轻轻触碰石头栏杆，没有任它在手下滑动。

眼　泪

我经过圣-莫里斯的维京老教堂门口，孩提时代的马拉美常在这里做弥撒。

最后，我把脚伸进潮湿的草地里，踏上重返三座小屋的道路，打扰了绿头鸭情侣，再次走上老旧的马道，这马道从前自桑斯通往圣-朱利安-杜-索尔和茹瓦尼桥，通往欧塞尔城，一直抵达卡岱·罗塞尔在城里的房子，房子的檩条已不再，房梁成了梦。突然，我想起了这个梦。在被薄雾彻底笼罩的岸边，男男女女，几个小孩，紧挨着水边，站立着，赤裸着，一动不动，我们二十来个人，在等待。我做的梦是一个痛苦的梦。天冷。那是即将结束的夜晚，但是天色依然黑暗。看不清。看得费力。

突然间，荣纳的马道没有了，取而代之的是比利牛斯的一个湖，在比克附近，湖里的水丝毫不起波纹。

我们的皮肤因寒冷而苍白，满是鸡皮疙瘩。女人的乳房和男人的阳器垂落着，没有被激起。白昼初升，世界更冷了。我们在等待。

黎明开始在山上、在西班牙上泛白，但是这依然不是太阳。

IX　（诗人维吉尔书）

起先，大地在脚下是泥泞的、软软的。

后来，我们的脚伸进了水里，一直没到腿肚。后来水升到了膝盖。岸上，现在长有高大的芦苇。还有不同的蓝色藻类，它们钻进脚趾间，痒痒的。突然，我们的脸都一起转了过去。在另一侧岸上，我们看见有一个点在很远的水面上移动，也许是一条船，但是并不确定。如果是一条船，我们觉察不出它在朝何方而去。我们在世界的另一端寻找着和自己一样不幸、赤裸的身影。我们什么都看不清。我们越来越冷了。我们不明白为什么黎明不在天空里上升。然而，我们当中没有任何一个人敢动。甚至连那四个小孩也不敢动。他们的小腿一点点地陷进淤泥里，冻得发抖。我们在等待。

X
（师长书[1]）

---

[1] 师长书，原文为拉丁语 Liber eruditorum。

1. 李义山[1]

834 年,李义山构思了那份卑微的清单。

999 年,清少纳言续写了这份清单。

人们在晚上脱去各自不同的皮囊。

然后把身体贴向镜子的光滑表面。清洗脸庞。

他们用一小截木头清洁自己的獠牙。他们挨个擦干自己的爪子。他们摩擦手掌心,蹭去白天印上的污垢。他们熄了灯。

灯光熄灭不久,他们赤裸的身体还泛着磷光,他们走在过道里,踏入房间的黑暗中。

他们掀开被单,钻了进去。

他们如此苍白。

---

[1] 即李商隐,义山是他的字。

眼　泪

　　他们像河边的青蛙，瞪着突出的奇怪大眼睛，在青苔上清晰可见。我们如蝌蚪般生活过的第一世界是一片阴沉的水。在出生前，在见到太阳之前，我们经历了一次几乎完全黑暗的逗留，那时候，我们从未呼吸，像鲤鱼或螃蟹、鱿鱼或鳗鱼那样。最早的一批人类在最古老的故事中提起这个世界时，像是在说草地表面下的一个地狱，或是岩石内部的一处深坑。但是，我们的祖先在何烈山和西奈山上的荒凉之地撰写出了《旧约》，《旧约》在这个世界里看到了一个伊甸园，那里迸溅出了四条河，第一个男人和第一个女人在那里幸福地生活着。我们的身体是一个非比寻常的遗迹，水像源头或更像母亲一样召唤着它。上帝不停地引我们去往一个绿洲中的池沼，那里满是雨蛙、蝾螈，四周鸟儿遍布。在已经降临的夜晚，门关上了世界的残余，深深的浴盆热乎乎的，散着香气，离群独处，谁在钻进暖融融的水里后不会幸福得颤抖？谁不会闭上眼睛？

　　首先，当身体脱去保护自己、时而美化自己的布

X　（师长书）

匹、襁褓、短裤和裤筒，他仔细地稍稍调弱盥洗室顶上过于刺眼的灯光；他的胸膛已经平缓下来，乳头在重新碰到空气后耸立起来；他的呼吸更慢了，他的心跳减速了；他抬起膝盖，而当他把腿抬到珐琅或铁铸的边缘时，他就开始休息了。他把脚趾伸进水里，在水里，他将沉浸在对最初状态的回忆中。

2. 捕鸟

　　从前,法兰克国王喜欢捕鸟。查理曼选择鹰这种鸟的形象来象征自己的政权,装饰自己屋顶上的屋脊,轧制硬币的背面。法兰克国王重振了罗马古代国王眼中的天空之王。当一只鹰飞过军队,就是一个预兆。这是胜利的保证。在法兰克人使用的古老语言中,鹰的首领叫作"阿罗兹"(或是"阿拉瓦尔德")。罗马皇帝们所说的和《英华集》第 126 章所述一致:当鹰在空中腾起,当它穿过飘动的云朵,当它强壮、巨大的翅膀把自己托举到雨雪层之上、抵达雷电的领地,它就会微微倾斜身体,从右侧开始盘旋。它展开的翅膀像是一艘船上的帆,它一眨眼就环抱了自己像主一样统治着的大地。它视察着地平线。它翱翔着,只要有猎物突然出现在视线里,它就突然悄无声息地猛扑过去。

X　（师长书）

但是，多数时候，君王在凝视。

978年4月，奥托二世和新婚妻子想在埃克斯-拉-夏贝尔皇宫过复活节，新婚妻子是从拜占庭的阿马尔菲港口坐船而来的特奥法诺公主。他们声势浩大地前往那里。

法兰西国王得知后当即气得脸色发红。

他命令雨格·卡佩和布尔日公爵集结大军，立刻从东路出发。

他们日夜兼程地策马前行。

大惊失色。

奥托国王和特奥法诺王后差点来不及逃离亚琛大厅。

当法兰克战士们入侵王宫时，人们为他们准备的餐食还在条形大桌上冒着热气。

雨格王的士兵们爬上这座由查理曼命人建造的古老宫殿的屋顶，把铜制的鹰调转方向面朝萨克森。过去，那位皇帝把它安在了朝向罗马的位置上。

欧洲历史中一种不会结束的仇恨在这个瞬间诞生了：在978年4月一只铜鹰的东方转向里。

3. 往日的雪

在于黎明时落下的今日之雪中（我们从睡梦中醒来打开窗户，看见纷纷扬扬的大雪在发光、在闪烁，令人惊叹），往日的雪和它一道落下。

今日之雪除了白得炫目，还带来了它从前那奇异又遥远的寂静。

我们打开窗户，永远陷入了时间。

4．费努之死

只有光亮老君王和因他自己而闪光的景色一同玩耍。

在黎明时分，鸟儿们等待着太阳。

一旦曙光照亮了河岸、穿过了树叶、透着光，鸟儿们便迫不及待地寻找战斗或游戏的伙伴。松鼠、猫、水蛇、麻雀和虫子。

蜜蜂。蝴蝶。蜻蜓。

但是有一天，黎明静悄悄的。

动物们都走在河岸上，围着一颗被割下的头颅，头颅在水涡中打转。

那是一只黑漆漆的小乌鸦，它的嘴更白一些，不太黄，双脚似是被动情女子的束带系着，鸣叫出一首无法形容的美丽歌曲，松鼠、猫、水蛇、天鹅，它们

眼　泪

全都在听，始终一动不动。

　　人们曾说俄耳甫斯的坟墓在一处河口，河的名字叫作梅莱斯，
　　埋在沙子里的头颅艰难地从贝壳碎中钻出来，
　　嘴巴大张，曾遭酒神杖击打，依然流着鲜血，
　　依然在歌唱。

　　维吉尔讲述道，俄耳甫斯被愤怒的色雷斯女人手撕而亡，
　　大腿被生吞，连毛都没有去，
　　如公牛的肋部美味多汁、油脂丰富，
　　他的头颅掉了，
　　在山丘的斜坡上滚落，一直滚到河中的流水里，
　　像博斯普鲁斯水域里莱昂德尔的头颅，
　　哦，金黄色的土块，
　　淡金色的，
　　像尼哈的头颅，从前，有一天，在大西洋的波涛里，

X　　(师长书)

像布戴斯的头颅,在第勒尼安海蔚蓝色的水里,
岩石绕着它,围成阴暗冠冕的坚固之环,
而云朵大块大块地聚积在岸边的沙滩上,
在 8 月的酷热中哭泣。

5. 哈尼之死

索姆湾的诗人萨满萨尔,看到骆驼用自己的四只蹄子重新站了起来。她用这首诗回应了爱着马儿的洛肯本堂神父之子:

"知更鸟吐出坚硬的部分,然后歌唱!

我们把这种卵壳叫作贝壳。永别了贝壳!

知更鸟把胡蜂的翅膀也吐了出来,

它从巢穴一直追捕到螽斯身体尾部小细棍般的爪子,

然后歌唱。

哦,喜爱常春藤果子和接骨木浆果的小鸟呦!

除了秋天,你还吃些什么?

你喉咙处的羽毛逐渐变红,似落下的树叶。

X　（师长书）

你是秋日之鸟。

你是嫩葡萄之鸟，长有黑色的铃铛，

这浓厚、阴暗的小球，是朝向冬天望去的眼睛，

焦虑，关注，留神。

有时候，你红色的喉咙偏向橙色，

而你就是人们任其枯萎的黄葡萄之鸟！

哦，小鸟们，不要犹豫，啄食这些金色的小海螺，自我陶醉吧！

不过，得小心，不要从树枝上坠落，小爪子可得抓紧握牢，

喝下满腹的幸福后，可别在空中打盹而亡！

哦，聆听秋日之鸟的你们，

听它歌唱时留意它的喉咙！

因为我们，所有人，一旦听到那令人惊叹的歌声，就得竖起耳朵！

我们要警惕，哪怕正享欢乐。我们要在欢乐里夹杂一点节制、空洞和害怕！

眼　泪

　　如果它在歌唱，是因为我们当中的某个人正在死去，因为涌向它喉咙的血正是从此人身上退去的!"

　　果然，哈尼死于此后不久。

6. 弗拉特·卢修斯

冬天一下就降落了,天冰冷冰冷的。年老的弗拉特·卢修斯接到献给神圣隐士里基耶的修道院新任院长神父的命令,去森林里砍树,好给修士们的食堂取暖。

斧头在肩,弗拉特·卢修斯跨过修道院的大门。他走进森林。他选中了一片橡树。他开始工作。在斧头下,一棵树、两棵树倒下了。

突然,他停下来,吃了一惊。在一棵老橡树低矮的树枝上,有一只鸟在唱着一首很美的歌,任何一只夜莺在深夜时的歌唱都不能与之媲美。任何人都无法模仿出来。

连一只技艺超群的乌鸦也不能。

即便费尼西亚努在那儿,他也叫不上它的名字,

眼　泪

因为从它喉咙里飘出、在空气中爆发的旋律洪亮、变幻、卓绝。

其他所有鸟儿在黎明中都不作声，都在欣赏它。

甚至，连树上的所有树枝都在空气中一动不动。

光亮变得奇怪。

整个森林寂静一片。

卢修斯神父自己也保持不动。斧头从他手里坠落。他抬起头。他一直在橡树下站着，倾听那令人惊愕的歌唱。他心醉神迷。他哭了。歌声最终停下了。

卢修斯神父于是朝着被砍倒的树木走回去。他惊讶地看着它们。树上满是虫子。在地上，在它们周围，所有躺下的树叶都死了、黑了。他在这些树叶里寻找自己的斧头；斧柄化成了灰；锈迹侵蚀了铁；在铁上，只有一个圆圆的小块，像一只黑耳朵一般大小。

卢修斯神父不明白发生了什么。他听鸟儿唱歌也就一会儿。

他在灰色的光亮中蹲下身。

他收起铁锈里残存的斧头渣。

X （师长书）

他把铁耳朵塞进口袋里。

他朝修道院走去。

他来到那座宏伟的修道院，这是由安吉尔伯特伯爵修建的，为的是纪念古代的里卡洛斯（或是穿着百合花纹长袍的里基耶老国王），他站在万力之源上用石头堆成的拱形祈祷室里，敲了敲门。

守门修士打开小窗，但是不认识他。

于是卢修斯修士重复道：

"我是卢修斯修士。"

但守门修士反驳道：

"这里没有卢修斯修士。"

他坚持着。

于是，在他的坚持下，守门修士叫来另一个修士。

他们通过小小的铁窗看着他，但是不认识他。

他复述了自己的名字，他们笑了。

整个修道院里的人逐渐聚积在大门的铁窗旁，笑了。

他们叫来神父。

院长神父也通过小铁门端详他，询问他。

最后，神父对这位修士的某些回答感到困惑，便对他说：

"我很愿意接受你来我们修会，你想进来，你了解这个地方的边边角角，可卢修斯修士是谁？"

突然，修道院里一位年老的修士用拐杖敲打着庭院的石板。

所有人都朝他转过去。他说想起来看过一个故事，记在修道院的记载簿里，是由一位以前的修士记下的，那个修士也是从一位更久远的修士那里得知这个故事的。

弗拉特·卢修斯被留在门口，所有修士都跟着拄着拐杖、戳着台阶的老修士，去往修道院的图书馆。他们搬来布满炭黑的老旧皮制书卷。其中一本皮书是用一张老旧的母熊毛皮做的，书里提到了一位名叫弗拉特·卢修斯的修士的故事，说他去森林里砍树，在那里失踪了。也可能他是逃跑了。也可能他被吞食了。人们对照日期、比较名字：已经有三百年了。那是尼哈担任院长时期，他是贝尔特和安吉尔伯特之子、查理曼的外孙、秃头查理的文书,葬在老礼拜堂圣诞门厅前的石板下。修士们都回到修道院门口。他们对弗拉特·卢修斯表示抱歉,请他走进内院。他们像对待教长一样向他致敬。他们对他讲述了读到的故事。弗拉特·卢修斯说:

"对我来说,三个世纪并没有比一刻钟或半小时要长得多。"

"一刻钟还是半小时?"

"半小时。"

"三百年?"

"是的。三百年于我而言就是半小时。"

一个修士说:

"有可能。我们听一首歌时,身体就会不服从流淌的时间。"

另一个修士说:

"有待讨论。身体是流淌着的个体时间。"

第三个修士断言:

"在我们这些修士到来前,萨满王里卡洛斯和海滨公爵安吉尔伯特就占领了这片土地,在这里孤独生活的世俗修士们说:'当灵魂竖起耳朵去听一只鸟儿的声音,它就被带到了另一个世界。'"

弗拉特·卢修斯看着自己的弟兄们,他们都感动地看着他。

弗拉特·卢修斯低低地问道:

"你们有没有见过一只黑色的小猫?它有一张白色的嘴,它是否碰巧也曾回来过?"

7. 色萨利的卢修斯

马多罗的阿普列乌斯说：

"卢修斯变成了一只猫头鹰。"

格兰达洛的阿丽拉哭了：

"这是我活着时最喜欢的书！"

8．猫头鹰

突然，我听到右侧有一阵巨响。我看到了巨大的翅膀——展开来至少有一米长——在拍打草坪和地面。随后，猫头鹰飞了起来，攀住苹果树的树枝。一条软软的黄色小鼻涕虫挂在它的嘴上。它看起来忧心忡忡。

"吃吧，哈尼。"我对他说道。

我从折叠椅上站起身。

我踮着脚站在树枝下。它飞到我的手指上。它也许有四百克重。我认出它了。是哈尼。

它在我的手指上吃着鼻涕虫，然后我们说了说话。我们在夜里交谈了好一阵子。当我回到屋里时，已近黎明时分了。

Originally published in France as:
Les larmes by Pascal Quignard
© Editions Grasset & Fasquelle, 2016.
Current Chinese translation rights arranged through Divas International, Paris 巴黎迪法国际.
Simplified Chinese edition copyright © 2022 by Nanjing University Press
All rights reserved

江苏省版权局著作权合同登记　图字：10-2019-514号

图书在版编目(CIP)数据

眼泪 / (法)帕斯卡·基尼亚尔(Pascal Quignard)著；王明睿译. —南京：南京大学出版社，2022.4
ISBN 978-7-305-24464-3

Ⅰ. ①眼… Ⅱ. ①帕… ②王… Ⅲ. ①长篇小说-法国-现代 Ⅳ. ①I565.45

中国版本图书馆CIP数据核字(2021)第094305号

出版发行	南京大学出版社
社　　址	南京市汉口路22号　　　邮　编 210093
出 版 人	金鑫荣
书　　名	**眼泪**
著　　者	[法]帕斯卡·基尼亚尔
译　　者	王明睿
责任编辑	甘欢欢
照　　排	南京紫藤制版印务中心
印　　刷	徐州绪权印刷有限公司
开　　本	787×1092　1/32　印张9.625　字数135千
版　　次	2022年4月第1版　2022年4月第1次印刷
ISBN	978-7-305-24464-3
定　　价	65.00元
网　　址	http://www.njupco.com
官方微博	http://weibo.com/njupco
官方微信	njupress
销售咨询	(025)83594756

* 版权所有，侵权必究
* 凡购买南大版图书，如有印装质量问题，请与所购图书销售部门联系调换